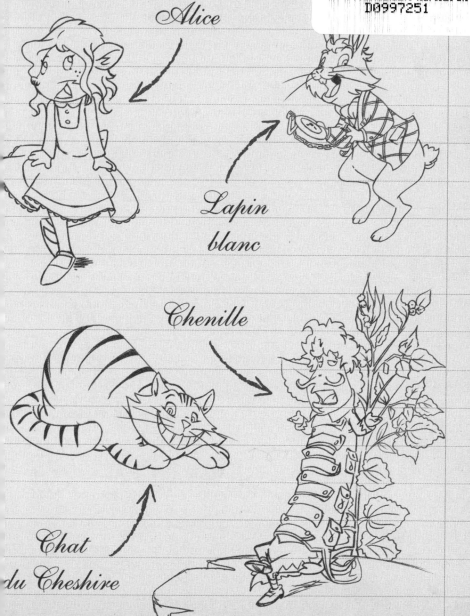

Alice

Lapin
blanc

Chenille

Chat
du Cheshire

Geronimo Stilton

Alice
au pays des merveilles

Chers amis rongeurs,

Ma passion pour la lecture est née il y a bien longtemps, quand j'étais encore un souriceau. Je passais des heures entières à dévorer des romans magnifiques, qui m'ont fait vivre des aventures extraordinaires et visiter des contrées lointaines et stupéfiantes. La lecture donne vraiment des ailes à l'imagination !

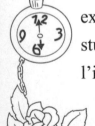

J'ai voulu vous offrir les émotions que j'ai vécues alors, et vous raconter les grands classiques de la littérature pour la jeunesse.

Alice est une souricette pleine de curiosité. Quand, par un lourd après-midi d'été, un étrange lapin blanc traverse le pré dans lequel elle se repose, elle ne résiste pas à la tentation de le suivre. C'est le début d'une aventure incroyable, qui lui dévoilera un monde merveilleux, peuplé d'extravagants personnages.

Alice fera ainsi un voyage inoubliable !

Geronimo Stilton

Texte original de Lewis Carroll, *librement adapté par* Geronimo Stilton.
*Basé sur une idée originale d'*Elisabetta Dami.
Coordination de Patrizia Puricelli, *avec la collaboration de* Maria Ballarotti *(texte) et de* Roberta Bianchi *(dessins).*
Coordination des textes de Sarah Rossi.
Édition de Studio Chiesa.
*Direction éditoriale d'*Isabella Barbieri.
Couverture de Flavio Ferron.
*Illustrations d'*Andrea Denegri *(crayonnés et encrage)*
et Christian Aliprandi *(couleurs).*
Graphisme de Simona Gargantini *et* Jole Montalbano,
avec la collaboration de Yuko Egusa.
Traduction de Béatrice Didiot.

www.geronimostilton.com

Pour l'édition originale :
© 2010, Edizioni Piemme S.p.A. – Via Tiziano, 32 – 20145 Milan, Italie
sous le titre *Alice nel Paese delle Meraviglie*
International rights © Atlantyca S.p.A. – Via Leopardi, 8 – 20123 Milan, Italie
www.atlantyca.com – contact : foreignrights@atlantyca.it
Pour l'édition française :
© 2012, Albin Michel Jeunesse – 22, rue Huyghens, 75014 Paris
www.albin-michel.fr
Loi 49-956 du 16 juillet 1949 sur les publications destinées à la jeunesse
Dépôt légal : premier semestre 2012
Numéro d'édition : 20025
ISBN-13 : 978 2 226 23984 6
Imprimé en France en février 2012 par Pollina s.a., 85400 Luçon

Geronimo Stilton

Alice
au pays des merveilles

ALBIN MICHEL JEUNESSE

Dans le terrier
du Lapin

Assise au bord du *fleuve* en compagnie de sa sœur, Alice s'ennuyait ferme. Cet après-midi-là, elle ne trouvait vraiment rien d'intéressant à faire !

Et elle en avait assez d'écouter son aînée lui lire un L i v r e sans images.

«Tiens, je pourrais tresser une couronne de mar-guerites…» songea-t-elle sans conviction.

Il faisait très **CHAUD**, ce qui rendait Alice pares-seuse. Elle s'apprêtait à cueillir des fleurs, lorsqu'un gros Lapin passa en **courant** à côté d'elle ; il était tout blanc et avait l'air très pressé.

Dans le terrier du Lapin

– Mon Dieu! Mon Dieu! Je suis en retard! s'alarma l'animal en faisant halte à quelques pas de la souricette.

Alice, surprise, le regarda en battant des paupières, même si, dans l'instant, un tel prodige ne lui parut pas particulièrement extraordinaire.

Mais lorsque le Lapin tira de la poche de son gilet une montre oignon, la consulta, puis détala encore plus vite... eh bien, la jeune souris bondit d'étonnement! Elle n'avait encore jamais vu de lapin avec un gilet, et encore moins avec une montre!

Cédant à la curiosité, Alice s'élança à sa poursuite. Elle traversa le pré qui longeait le *fleuve* et courut à toutes pattes pour ne pas perdre la trace du Lapin blanc.

Arrivée au bout du pré, elle le REPÉRA de justesse

alors qu'il sautait dans un grand trou au pied d'une haie. Sans prendre le temps de réfléchir,

WOOOOUUUUUUUU

Alice s'y jeta à son tour.

Bois-moi!

Le **trou** devait être très profond, car Alice eut tout le loisir de regarder ce qui l'entourait en même temps qu'elle *tombait*.

À vrai dire, c'était une cavité assez bizarre : ses parois étaient **garnies** de menues armoires, de cadres, d'étagères, de cartes à jouer, de mappemondes… Bref, il y avait un peu de tout !

– Qui sait combien de kilomètres je suis en train de parcourir ! se dit Alice à haute **VOIX**. Je m'approche peut-être du centre de la Terre, poursuivit-elle, assez fière de ses connaissances scientifiques. Oui, sans aucun doute… Et à quelles

latitude et longitude puis-je me trouver actuellement ?

Elle aimait beaucoup utiliser de grands **MOTS**. Au cas où quelqu'un l'aurait écoutée, elle voulait montrer qu'elle était une souricette instruite. Mais au bout d'un moment, fatiguée de toutes ces *réflexions*, elle s'assoupit. Et, au beau milieu de son somme...

BADABOUM !

Alice toucha le fond, et roula dans un tapis de feuilles mortes. Elle ne s'était même pas **égratignée** !

Dès qu'elle se releva, elle distingua la silhouette lointaine du Lapin blanc, qui trottinait vers le fond d'une *longue* galerie.

La jeune souris lui emboîta le pas, mais lorsqu'elle arriva au bout du boyau, il avait disparu.

Bois-moi !

Elle déboucha dans un large corridor, éclairé par une rangée de lumières pendant du plafond et jalonné de portes closes.

Alice le parcourut de long et en large en tentant d'en pousser une, mais en vain.

– Et maintenant, qu'est-ce que je fais ? SOUPIRA-t-elle.

À cet instant, elle aperçut un guéridon en verre à trois pieds, qu'elle n'avait pas remarqué auparavant. Dessus était posée une minuscule clé en OR.

– Peut-être ouvrira-t-elle l'une de ces portes ? s'écria-t-elle, pleine d'espoir.

Elle glissa la clé dans chacune des serrures, mais... rien à faire ! Aucun résultat !

La souricette allait perdre courage, lorsqu'elle découvrit, cachée derrière un rideau, une porte miniature. Elle enfonça la clé dans la serrure, qui s'y logea... **PARFAITEMENT** !

Alice s'accroupit devant la petite porte ouverte

Bois-moi !

pour LORGNER ce qui se trouvait derrière. Un très étroit couloir menait à ce qui, de loin, semblait être un charmant **jardin**.

– Quel dommage ! se désola-t-elle. Je suis bien trop **grande** pour pouvoir y aller !

En effet, elle n'aurait même pas réussi à passer sa tête dans l'embrasure de la porte.

– Si seulement je pouvais rapetisser comme les **LONGUES-VUES** rétractables !… gémit-elle. Je diminuerais et je pourrais entrer !

Sur ces mots, Alice referma la porte à clé et retourna près du guéridon, dans l'espoir d'y trouver un livre expliquant comment réduire les gens à la manière des télescopes. Mais au lieu de cela l'y attendait une toute petite bouteille avec une étiquette sur laquelle était écrit : « **Bois-moi !** »

La souricette posa la clé sur la table et fixa la fiole d'un air méfiant.

Bois-moi!

– Mmmh… Il ne faut jamais boire le contenu d'un flacon qu'on ne connaît pas, se sermonna-t-elle, surtout si le mot «POISON» est noté dessus.

Mais comme cette mention n'apparaissait pas sur la bouteille, elle décida d'en boire une gorgée.

– C'est *délicieux*! Ça a un goût de tarte aux cerises, de crème anglaise, d'ananas, de dinde rôtie, de tartine beurrée… observa-t-elle.

Et ainsi, gorgée après gorgée, elle vida le flacon.

De plus en plus
fort bizarre !

Quand elle eut fini de boire, Alice s'exclama :

– Quelle étrange sensation... J'ai vraiment l'impression de me ratatiner comme une **LONGUE-VUE** !

Et en effet, alors qu'elle sirotait la boisson contenue dans la bouteille, la souricette avait progressivement *rétréci*, jusqu'à ne plus mesurer qu'une... vingtaine de centimètres !

Alice s'en réjouit : elle pourrait désormais franchir la toute petite porte et gagner le jardin. Mais tout en se **précipitant** vers le seuil tant convoité, elle s'aperçut qu'elle avait laissé la clé sur le guéridon.

De plus en plus fort bizarre !

– Oh non ! Comment ai-je pu l'oublier ?! se **RE-PROCHA**-t-elle.

Découragée, elle s'assit par terre et se mit à pleurer à chaudes larmes : elle était si étourdie, parfois ! Entre deux sanglots, elle remarqua du coin de l'ŒIL une cassette de verre, qui s'était soudainement matérialisée sous la table (juste avant, elle ne s'y trouvait pas, Alice l'aurait juré !).

Intriguée, la souricette l'ouvrit : elle contenait un gâteau, sur lequel était écrit en lettres glacées : «**Mange-moi !**»

– D'accord, mon petit, je vais le faire ! Si tu me fais grandir, je récupérerai la clé. Et si tu me fais rapetisser encore, je pourrai me *glisser* sous la porte. Enfin, d'une manière ou d'une autre, je me rendrai dans le beau jardin !

Après avoir posé une patte sur sa tête pour voir si

De plus en plus fort bizarre !

elle **GRANDIRAIT** ou rapetisserait, Alice prit une bouchée du gâteau.

Comme il n'arrivait rien, elle engloutit le reste. Mais une fois avalé le dernier morceau...

– De plus en plus fort bizarre ! s'*ÉCRIA*-t-elle (sous l'effet de la surprise, elle en oubliait sa grammaire !). Voilà que je m'allonge comme le télescope le plus grand jamais déployé !

Et elle disait vrai : la jeune souris *crois-saiiiiiiiiit* démesurément...

Un océan de larmes!

Alice chercha du REGARD ses pattes, mais elles étaient désormais si loin qu'elle n'arrivait plus à les voir.

– Adieu, mes chéries! les salua-t-elle. Pauvres de vous, qui vous mettra des bas et des chaussures dorénavant? Moi, je ne le pourrai évidemment plus…

Pendant qu'elle **RÉFLÉCHISSAIT** à la manière de résoudre ce problème, elle donna de la tête contre la voûte du corridor. Il est vrai qu'elle mesurait désormais dans les trois mètres!

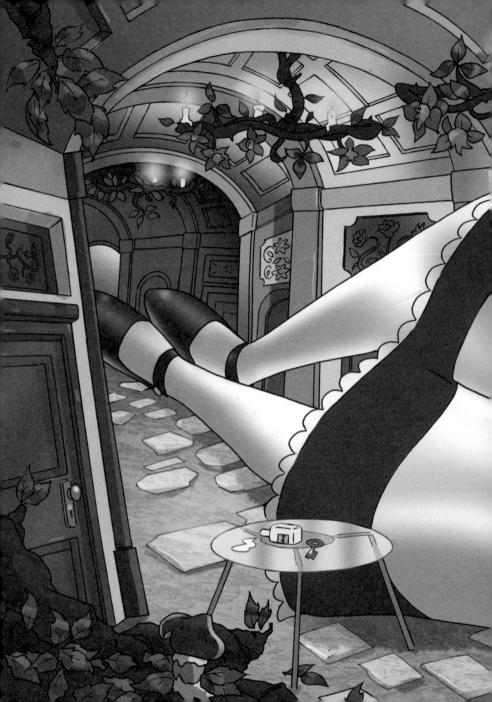

Un océan de larmes !

Elle saisit aussitôt la clé qu'elle avait laissée sur le guéridon, puis se rappela qu'elle était devenue trop **GRANDE** pour franchir la petite porte !

Plus **ABATTUE** que jamais, elle recommença à sangloter. Peu après, entendant un lointain bruit de pas, elle s'empressa de sécher ses **LARMES**, pour vérifier qui arrivait.

C'était le Lapin blanc ! Il tenait une paire de gants blancs dans une patte et un éventail dans l'autre, et *trottait* encore plus prestement qu'avant.

– Oh, la Duchesse ! La Duchesse ! répétait-il frénétiquement. Ce retard colossal l'**IRRITERA** énormément !

N'ayant personne d'autre à qui demander de l'aide, Alice tenta timidement d'attirer son **ATTENTION**.

– Monsieur… monsieur Lapin, excusez-moi…

Un océan de larmes !

Dès qu'il prit conscience de la présence de la souricette, le Lapin blanc laissa TOMBER gants et éventail et s'esquiva à petites foulées **raPides**.

Alice ramassa ses accessoires et se mit à s'éventer nerveusement.

– Eh bien ! Eh bien, tout est vraiment trop étrange aujourd'hui ! Hier encore, la vie semblait pourtant si normale…

Pendant qu'elle méditait à haute **VOIX**, elle vit qu'elle avait enfilé l'un des gants du Lapin.

– Un instant ! dit-elle dans un sursaut. Comment ai-je réussi à mettre un gant aussi minuscule ? J'ai dû *rapetisser* à nouveau !

D'un bond, elle se leva et, s'approchant de la table pour mesurer sa taille, elle découvrit qu'elle ne dépassait plus les cinquante centimètres. Et ce n'était pas fini : elle continuait de *rapetisser* ! Elle se hâta alors de jeter éventail et gants, et cessa de rétrécir.

Un océan de larmes !

– C'était moins une ! soupira-t-elle avec soulagement. Mazette, je n'ai jamais été aussi petite de toute ma vie !

Mais alors qu'elle prononçait ces paroles…

Splash ! Splash ! Splash !

elle se retrouva emportée par un océan de larmes : les siennes !

Ô Poisson géant, aide-moi !

Tout en NAGEANT au milieu des vagues, Alice se lamentait :

– Je n'aurais jamais dû **PLEURER** autant !

Quelques instants plus tard, sentant l'eau s'agiter derrière elle, elle se retourna, **AFFOLÉE**. Non loin d'elle, un énorme poisson clapotait tranquillement. La souricette s'**interrogea** : «Devrais-je essayer d'adresser la parole à un Poisson géant, qu'en plus je ne connais pas ?» Mais il se passait tant de **bizarreries** ce jour-là qu'elle décida de tenter sa chance. S'éclaircissant la voix, elle réfléchit

au ton à adopter pour ne pas paraître impolie.

– Ô Poisson géant!... **COMMENÇA**-t-elle avec force cérémonies. Saurais-tu comment on sort de toute cette EAU? Je n'en peux plus de barboter là-dedans!

Le Poisson la fixa, *intrigué*, mais ne dit rien.

«Peut-être l'ai-je effrayé», songea Alice. Et d'ajouter:

– Ne t'inquiète pas, mon cher… Regarde-moi, je ne suis pas un **CHAT**!

En entendant ce mot, l'animal, TREM-BLANT, gagna le fond de l'eau.

La jeune souris se frappa le front: qu'est-ce qui lui avait pris, de parler de chat?! Malgré sa grande **TAILLE**, le malheureux avait dû en être terrorisé.

– Poisson géant, pardonne-moi, dit-elle afin de se racheter. Il est bien naturel que les chats te déplaisent.

Ô Poisson géant, aide-moi!

– Me déplaisent?! **RÉTORQUA**-t-il en ouvrant la bouche pour la première fois. Ils ont pour sale habitude de nous manger. Alors, d'après toi…?

Alice soupira, ꟻOᴜLᴀɢéé : au moins, le Poisson géant parlait la même langue qu'elle. C'était un début!

– Et les chiens, qu'en penses-tu? le relança-t-elle, manière d'alimenter la conversation.

L'animal, VEXÉ, se détourna en remuant vigoureusement ses nageoires.

« Zut! Aujourd'hui, rien ne me ɾéᴜꜱꜱɨ̨ɬ! » se dit Alice.

N'ayant aucune envie de mariner, toute seule, au milieu de ses **LARMES**, elle s'efforça d'amadouer son interlocuteur.

– Juste une minute, Poisson géant! l'implora-t-elle. Si tu restes, je ne parlerai plus de chiens,

Ô Poisson géant, aide-moi !

de chats ou… de n'importe quel autre animal que tu n'aimerais pas, tu **VERRAS** !

Rassuré, le Poisson revint auprès d'elle.

– Pourrais-tu m'aider à quitter cette *EAU* ? le pria à nouveau Alice d'un ton suppliant.

– D'accord, petite ! acquiesça-t-il. Nous allons **gagner** le rivage. Puis, si tu veux, je te raconterai pourquoi je n'apprécie guère les chiens…

Tandis que le Poisson géant leur frayait un chemin au milieu des flots, Alice découvrit que tout près d'eux nageaient aussi un Canard, un Dodo, un Lori (en fait un perroquet, mais qui devenait **furieux** quand on l'appelait autrement que « Lori » !), un Aiglon et d'autres volatiles de différentes espèces…

En quelques brassées, le groupe atteignit la **plage**. Comme leur plumage était tout mouillé, les oiseaux étaient très **agités**.

Ô Poisson géant, aide-moi!

Dans l'immédiat, le problème était donc de trouver le moyen de se sécher sans **tarder**. Sinon, l'un d'eux risquait d'attraper un gros rhume!

Chacun fit des suggestions à cette fin, Alice participant ᴀᴄᴛᴵᴠᴇᴍᴇɴᴛ aux échanges. Au terme d'un virulent débat, l'Aiglon, qui semblait jouir d'une certaine autorité, **déploya** ses ailes pour faire taire tout le monde.

– Asseyez-vous tous et écoutez-moi! ordonna-t-il. Je me charge de vous faire sécher sur pied avec quelque chose de très… «ᴀʀᴵᴅᴇ»!

Se sentant inspiré, il se lança dans un discours soporifique:

– En des temps reculés… Que dis-je, «reculés»?! *Très* reculés… Je dirais même, *extrêmissimement*

Ô Poisson géant, aide-moi!

reculés… Enfin, je veux dire… En des temps…
Quelqu'un *toussa* avec embarras: son laïus était
tout ce qu'il y a de plus aride, mais personne n'en
était plus sec d'une plume!
Indifférent aux accès de toux simulés, l'Aiglon
poursuivit:

– … infiniment… comment dire… encore plus
reculés que ça…
Son entrée en matière semblait ne jamais devoir
finir, quand **SOUDAIN** l'Aiglon s'interrompit et,
s'adressant à Alice, demanda:

– Tout va bien, ma chère?

– Couci-couça… répondit la jeune souris, découragée. Je suis toujours TREMPÉE, mais alors
trempée comme une soupe!

– Pour ce genre de problèmes, j'ai la solution!
intervint le Dodo en se levant.

La course
en rond

Présentement, je propose de lever la séance, et d'adopter des mesures plus **DRASTIQUES** ! poursuivit le Dodo.

Tous les volatiles battirent des paupières, per-plexes (le Dodo adorait utiliser des mots difficiles à comprendre).

– Le meilleur moyen de se sécher est de courir en rond ! annonça-t-il.

Pour éclairer son propos, il prit un bâton et traça sur le sol le parcours de la course, à savoir une sorte de cercle tout TORDU.

– La précision de la ligne n'a aucune importance ! les informa-t-il.

La course en rond

Les oiseaux se placèrent n'importe où sur la piste, et, comme personne ne dit «Un, deux, trois… partez!», **coururent** aussitôt en **zigzag** dans toutes les directions, ne s'arrêtant que quand ça leur chantait.

Après une demi-heure de cet exercice, tous se sentirent parfaitement secs et le Dodo put proclamer:

– Fin de la **course**!

Les participants se regroupèrent autour de lui, encore haletants.

– Eh bien, qui est le VAIN-QUEUR? demanda l'un d'eux.

– Oui, à propos, qui l'a emportée?

– Qui est le champion?

Après avoir mûrement réfléchi, le bout de l'aile appuyé contre le front (signe, s'il en est, de la plus intense **réflexion**), le Dodo déclara :

– Tout… tout le monde a gagné ! Et dans ce cas, tout le monde doit recevoir un prix !

– **ooooooOOH !** s'émerveillèrent les concurrents.

– Et qui distribuera les **récompenses** ? s'enquit quelqu'un.

Le Dodo désigna immédiatement Alice.

– Ce sera elle, naturellement !

La foule des volatiles se pressa AUTOUR de la souricette en caquetant à plein gosier :

– Les prix ! Les prix !

– Où sont nos prix ?

Alice ne savait pas du tout quoi faire : personnellement, elle n'avait pas la moindre récompense à remettre ! Préoccupée, elle fouilla tout de même dans ses poches et, par bonheur, en sortit une

poignée de dragées que l'eau salée n'avait pas endommagées. *Soulagée*, elle les répartit cérémonieusement entre les vainqueurs.

Il y en avait une pour chacun, sauf pour elle.

– Ce n'est pas juste! protesta l'Aiglon, très CONTRARIÉ. Elle aussi doit recevoir son prix!

– C'est vrai! confirma aussitôt le Dodo d'un air **GRAVE**.

Puis, se tournant une nouvelle fois vers Alice, il voulut savoir:

– Qu'as-tu d'autre dans tes poches, petite?

La souricette les inspecta de nouveau consciencieusement.

– Rien qu'un dé à coudre! SOUPIRA-t-elle.

Le Dodo ne se démonta pas. Saisissant *délicatement* le petit objet, il invita l'assistance à se rapprocher pour assister à sa prestigieuse remise de prix.

La course en rond

– Nous te prions de bien vouloir accepter comme récompense ce charmant dé à coudre ! déclara le Dodo en tendant l'accessoire livré par Alice à... Alice !

Le public, enthousiaste, **acclama** la jeune souris. Quant à l'intéressée, elle eut envie de rire, mais, voyant tous les autres pris par la solennité de l'instant, elle finit par accepter son prix et esquissa une *modeste* révérence.

Une fin en queue de poisson

Lorsque tous eurent dégusté leur dragée, Alice s'aperçut que le Poisson géant la **FIXAIT** depuis le bord de l'eau. Elle s'approcha de lui, et, espérant qu'il ne s'offenserait pas de nouveau, lui dit :

– J'aimerais vraiment savoir pourquoi tu n'*aimes* pas du tout… euh… les *ch*…

– Ah ! soupira l'animal en levant les yeux au ciel. Mon histoire est longue et finit… en *queue* de poisson !

Dès que le Poisson géant attaqua son récit, la souricette se mit à imaginer ses paroles s'agençant

Une fin en queue de poisson

dans l'espace pour dessiner une très *longue* queue incurvée…

    – Un jour, un chien vit un poisson dans

l'eau d'un fleuve et déclara : «Je

vais t'écailler!» Et l'autre de

répondre : «Cher cabot,

pourquoi diantre ferais-tu

cela ? – Parce que tes

écailles renvoient

les rayons

du soleil et

m'aveuglent!»

expliqua

le féroce

qua

dru

pè

de.

Une fin en queue de poisson

Mais soudain :

– Tu ne m'écoutes pas ! Peut-on savoir à quoi tu penses, Alice ?! lui **REPROCHA** soudain le Poisson, mortifié.

– Oh, je te demande *PARDON* ! balbutia-t-elle, rougissante. J'essaie de me représenter ce que tu racontes sous la forme d'une queue. J'en étais déjà arrivée à la troisième ondulation, si je compte bien…

Le Poisson marmonna un commentaire horrifié, avant de prendre le large et de **disparaître**.

– Oh non ! se désola la jeune souris. Je fais une **GAFFE** après l'autre ! Si seulement j'avais ma Dinah avec moi ! Elle réussirait certainement à ramener ce Poisson !

– Qui est Dinah ? s'enquit le Lori, **intrigué**.

Alice était toujours si contente de parler d'elle que son visage s'illumina.

Une fin en queue de poisson

– Eh bien, c'est ma chatte! fit-elle. Et quand elle se met en tête de rattraper quelqu'un, vous pouvez être sûrs qu'elle ne le laisse pas échapper! Surtout s'agissant d'un oiseau...

Ses paroles **provoquèrent** une certaine agitation dans le groupe. Certains volatiles, **ATTERRÉS**, s'envolèrent immédiatement. D'autres trouvèrent des excuses pour prendre congé:

    – Aïe, j'ai mal à la gorge!

      – Brrr! Quel rhume! **Atchoum!**

      – J'ai laissé mes œufs sans surveillance. Il faut que j'aille les voir...

En moins de temps qu'il n'en faut pour le dire, Alice se retrouva à nouveau SEULE. Démoralisée, elle se remit à pleurer.

Il est tard !
Terriblement tard !

Alice était encore en train de sangloter, lorsqu'elle entendit de petits pas **FURTIFS** qui se rapprochaient. Elle sécha ses larmes et vit... le Lapin blanc !

Elle qui croyait avoir définitivement perdu sa **trace** ! L'animal avançait le nez collé au sol, comme à la recherche de quelque chose.

– Il est *TARD* ! Très *TARD* ! Terriblement *TARD* ! grommela-t-il en passant tout près de la souricette. Où peuvent-ils bien être ? J'ai dû les perdre quelque part...

Alice se rappela alors l'éventail et les gants BLANCS

Il est tard ! Terriblement tard !

que le Lapin avait fait tomber et se mit aussitôt à inspecter les environs avec lui. Mais ce n'était pas *facile* : le décor avait changé depuis sa nage forcée au milieu des larmes. En fait, le corridor avait tout simplement disparu !

Alors que la jeune souris passait les alentours au peigne fin, le Lapin finit par prendre conscience de sa présence.

– Mary Ann ! l'apostropha-t-il d'un ton **BOURRU**. Tu peux me dire ce que tu fais ici ?! File à la maison et rapporte-moi une paire de gants et un éventail ! **Au trot !**

Alice était si effrayée qu'elle n'osa pas répondre et se précipita dans la direction indiquée, à savoir vers un bois proche.

« "Mary Ann" ?! songea-t-elle ensuite. Peut-être m'a-t-il confondue avec sa domestique. Espérons que je trouverai les ACCESSOIRES qu'il

Il est tard! Terriblement tard!

réclame! Enfin, une fois que j'aurai réussi à repérer la maison...»

Alors même qu'elle se livrait à ces réflexions, elle se retrouva, comme par un fait exprès, devant une charmante demeure à un étage. La porte était surmontée d'une plaque de **cuivre** sur laquelle on pouvait lire: «Lapin B.»

La souricette avait été si pressée par le Lapin qu'elle ne prit pas la peine de **FRAPPER**, et s'élança dans l'escalier à la recherche du vestiaire.

– Quelle **excentricité** que d'exécuter les ordres d'un Lapin! se dit-elle en inspectant les différentes chambres.

Après avoir fait le tour de l'étage, elle **PÉNÉTRA** dans une pièce bien rangée. Sur un guéridon sous l'une des fenêtres étaient posés un

Il est tard! Terriblement tard!

éventail et plusieurs paires de gants, tous blancs. Alice s'empara immédiatement des objets demandés et s'apprêtait à *SORTIR*, lorsque son **REGARD** s'arrêta sur une fiole voisine des accessoires.

– Encore une petite bouteille! s'exclama-t-elle. Que peut-elle bien contenir?

Ne pouvant résister à la tentation, la jeune souris retira le **BOUCHON** et approcha le flacon de ses lèvres. «Chaque fois que je bois, réfléchit-elle, il m'arrive quelque chose d'*intéressant*... Qui sait ce qui se passera, cette fois! Peut-être redeviendrai-je grande. Oh, je l'espère! J'en ai *assez* d'être aussi minuscule!» Aussitôt dit, aussitôt fait! Alice n'avait pas bu la moitié qu'elle sentit déjà sa tête... buter contre le plafond! Elle dut se pencher pour ne pas **DESCELLER** le toit de la maison.

– Zut! J'avais dit grande, mais pas à ce point-là! protesta-t-elle.

Il est tard! Terriblement tard!

Elle continua de **pousser** tant et si bien qu'elle dut bientôt se recroqueviller sur le sol. Mais cette position était extrêmement **INCONFORTABLE**!

Elle glissa une patte antérieure par une fenêtre *entrouverte*, et une postérieure dans le conduit de la cheminée.

– Et maintenant, que vais-je devenir? gémit-elle, découragée.

Lorsque enfin elle cessa de **grandir**, elle entendit une voix surexcitée raisonner dans l'entrée. Elle s'immobilisa, tendant l'oreille...

Bill
le Lézard

Quelqu'un *appelait* d'un ton agacé :

– Mary Ann ! Mary Ann ! Alors, ces gants ?!

Elle reconnut la voix du Lapin blanc et l'entendit **grimper** l'escalier à grandes enjambées.

Oubliant complètement qu'elle était devenue cent fois plus **GROSSE** que lui, la souricette s'épouvanta !

Arrivé devant la porte de sa chambre, le Lapin tenta de l'**ouvrir**, mais sans succès, car l'un des coudes d'Alice la bloquait de l'intérieur.

– Mmmh... marmonna le propriétaire des lieux,

je vais devoir faire le tour et entrer par la fenêtre ! Ainsi **AVISÉE**, la jeune souris attendit d'entendre les pas du Lapin sous la fenêtre à travers laquelle elle avait passé sa patte pour essayer de l'**attraper**. Mais elle rata son coup, et un petit cri retentit, aussitôt suivi d'un grand fracas de verre **BRISÉ**. Elle avait dû heurter le Lapin, qui était tombé sur quelque chose...

– Pat ! Où es-tu ?! s'époumona l'animal.

– Ici ! Je suis ici ! répondit une grosse **voix** calme. Je ramasse les patates, Monsieur !

– Laisse tomber les patates et sors-moi de la serre ! répliqua le Lapin, excédé.

Alice entendit ensuite le bruyant cliquetis de **TESSONS** qu'on remuait.

– Et maintenant, reprit le Lapin, dis-moi ce qui pointe hors de ma fenêtre ?

– Une patte, Monsieur ! déclara Pat.

Bill le Lézard

– Enfin, tu ne vois pas comme c'est **GROS** ?! Ça bouche toute l'ouverture ! s'indigna son maître.

– Ça la bouche, certes, mais c'est bien une patte ! insista Pat.

– Eh bien, il n'y a pas de raison qu'elle bloque ainsi ma fenêtre ! Retire-la immédiatement ! ordonna le Lapin.

Ces paroles furent suivies d'un long silence. Restée sur ses gardes, Alice entendit, quelques instants plus tard, le grincement des roues d'une charrette et la rumeur de nombreuses voix complotant :

– Où est l'échelle ? Bill ! Biiill, apporte l'échelle !

– Bill, attrape cette corde et **monte** sur le toit !

– Et maintenant, descends par la cheminée !

« Ah, c'est du joli ! s'**OFFUSQUA** pour elle-même la jeune souris. Bill doit tout faire ici ?! Mon cher Bill, qui que tu sois, je n'aimerais pas être à ta place ! »

Bill le Lézard

Là-dessus, Alice attendit que Bill s'enfonce **profondément** dans le conduit de la cheminée, puis l'en éjecta d'un bon coup de pied! Non qu'elle ait voulu lui faire mal, mais elle n'avait pas d'autre moyen de le renvoyer...

À l'extérieur, une grande agitation éclata.

– Mon bon vieux Bill, que t'est-il arrivé? demanda-t-on.

Ledit Bill, encore tout retourné, marmonna une chose incompréhensible et gémit comme s'il s'*ÉVANOUISSAIT*.

Immédiatement après, une pluie de cailloux s'abattit sur Alice à travers l'autre fenêtre, qui n'était pas **OBSTRUÉE**. Mais à la surprise de la souricette, une fois que les petites pierres touchaient le parquet, elles se transformaient en *gâteaux*.

Bill le Lézard

– Je pourrais en manger un ! s'**EXCLAMA**-t-elle. Comme je ne peux guère grandir davantage, ça me fera sûrement *rapetisser*...

Dès qu'elle eut avalé un gâteau, elle se mit à **rétrécir**. Et lorsqu'elle fut de taille à passer la porte, elle se précipita au-dehors.

À quelque distance de l'entrée, elle aperçut le Lapin blanc en compagnie de quelques autres animaux, dont un Lézard extrêmement *PÂLE* (Bill, assurément), soutenu par deux Cochons d'Inde.

Sans se faire remarquer, Alice s'enfuit **prestement** et se réfugia au plus profond de la forêt.

Qui es-tu ?

Arrivée suffisamment loin de la maison du Lapin blanc, Alice soupira :

– Ouf ! Je l'ai échappé belle !

Puis elle se mit à réfléchir à ce qu'il convenait de faire.

– D'abord, je dois retrouver la *taille* voulue pour me rendre dans le jardin que j'ai entrevu au fond de l'étroit couloir. Ensuite, il faut que je découvre le CHEMIN pour y aller. Ça me semble un bon plan ! conclut-elle.

Et elle avait raison. Dommage qu'elle n'ait pas la moindre **idée** de comment le réaliser !

Qui es-tu ?

– Voyons un peu, cogita-t-elle encore. Comment réussir à grandir à nouveau ? Il faut certainement que je mange ou *boive* quelque chose… Mais quoi ? Alice examinait toutes les fleurs et les HERBES autour d'elle, lorsque son regard tomba sur un gros champignon, légèrement plus haut qu'elle. Après l'avoir observé attentivement, elle songea à vérifier ce qu'il pouvait y avoir **dessus**. Dressée sur la pointe des pattes, elle lorgna donc vers le centre du chapeau. Ses yeux rencontrèrent ceux d'une grosse Chenille. Assise, pattes croisées, au **SOMMET** du champignon, celle-ci semblait indifférente à l'apparition de la souricette, comme à n'importe quoi d'autre d'ailleurs.

Pendant quelques instants, la Chenille et Alice se fixèrent en *silence*.

Qui es-tu ?

Finalement, se penchant mollement vers la jeune souris, la larve lui demanda d'une voix INDO-LENTE :

– Qui es-tu, toi ?

Le début de la conversation n'étant guère encourageant, Alice répondit *timidement* :

– Eh bien, en fait… en réalité, je ne sais plus bien, monsieur…

– Qu'est-ce que cela signifie ? Sois plus claire ! *Je* ne puis espérer le comprendre si *tu* ne me l'expliques pas ! lui **intima** la Chenille.

– Malheureusement, monsieur, je suis incapable de vous renseigner sur qui *je* suis, tenta-t-elle de lui faire entendre, car je ne suis plus *moi-même*, **VOYEZ**-vous… Changer de taille aussi souvent finit par être **troublant**, vous savez…

– Je ne vois rien et je ne sais rien du tout ! répliqua la Chenille sans ciller.

Qui es-tu ?

– *Pour le moment...* nuança Alice. Quand vous deviendrez une chrysalide, puis un *papillon...* la métamorphose vous paraîtra un brin étrange, à vous aussi, ne croyez-vous pas ?

– Absolument pas ! rétorqua sèchement son interlocuteur en secouant la tête.

Alice, qui n'avait jamais été autant contredite de toute sa vie, en eut assez. Préférant en rester là, elle s'éloigna.

La Chenille se mit alors à faire de grands gestes (autant que le lui permettaient ses courtes pattes...) pour la faire revenir.

– Attends ! Attends ! J'ai une chose très **IMPORTANTE** à te dire !

Patiente, la souricette revint sur ses pas.

– Inutile de t'énerver ! Quelle taille voudrais-tu avoir ? s'enquit la larve.

– Eh bien, j'aimerais être un peu plus grande

qu'actuellement, si c'est possible… Mesurer rien que huit centimètres, c'est vraiment **ridicule** !

La Chenille se redressa de toute sa hauteur (qui était de huit centimètres, exactement) et tonna :

– Ridicule ?! C'est au contraire la taille **parfaite** !

– Enfin, moi, je n'en ai pas l'habitude ! dit Alice pour se justifier.

– Quoi qu'il en soit, un côté te fait grandir, l'autre te fait rapetisser, conclut la Chenille en **bâillant**, longuement.

« Un côté et l'autre de *quoi* ?! » s'**interrogea** la jeune souris.

– Du champignon ! lui fut-il crié, comme si elle avait parlé à haute **VOIX**.

Puis la Chenille **DISPARUT**.

Un serpent !
Un serpeeent !

Alice observa PENSIVEMENT le champignon, tentant de repérer lequel de ses côtés permettait de **grandir**.

À la fin, elle tendit ses membres supérieurs autant qu'elle le pouvait autour de son chapeau et en détacha un morceau avec chaque patte. Elle prit une bouchée du bout qu'elle tenait du côté droit pour **VOIR** l'effet produit. Et... vlan ! elle ressentit un **violent** coup sous le menton. La souricette avait rétréci tant et si vite que le bas de son visage avait brutalement heurté ses chaussures !

Un serpent! Un serpeeent!

Elle s'empressa de mordre dans le morceau qu'elle tenait dans sa patte gauche, et, sentant sa tête REMONTER rapidement, s'exclama :
– Voilà, ça va mieux !
Mais, à la réflexion… sa tête prenait peut-être un peu *trop* d'altitude !
La baissant pour voir le reste de son corps, Alice s'aperçut que son cou s'était démesurément allongé. Il se dressait désormais comme la tige d'une fleur au milieu d'un océan de verdure.
– Quel est donc tout ce *vert* en dessous de moi ? murmura-t-elle. Où ont disparu mes épaules ? Et mes malheureuses pattes ? Misère…
Sur ces mots, la souricette se mit à secouer ses membres supérieurs pour découvrir ce qu'étaient devenues ses petites pattes avant. Mais il n'en résulta qu'un léger bruissement de feuilles !
Voulant savoir ce qui se trouvait sous elle, elle

73

y jeta un nouveau coup d'œil et comprit que le feuillage environnant n'était autre que la cime des arbres à l'**ombre** desquels elle méditait peu auparavant.

Comme, dans ces conditions, lever les pattes jusqu'à sa tête lui paraissait une entreprise **DÉSESPÉRÉE**, elle tenta, à l'inverse, d'incliner sa tête jusqu'à ses pattes. Elle constata alors que son interminable cou se pliait dans toutes les directions, exactement comme le corps d'un reptile.

Alors qu'elle esquissait quelques mouvements pour s'habituer à cette nouvelle transformation, un puissant sifflement la fit sursauter.

PFUIIIIIIIIII!

– Un serpent ! Un serpeeent ! claironna une petite voix perçante, tandis que le visage de la jeune

Un serpent ! Un serpeeent !

souris subissait une rafale de **COUPS** d'aile et de bec.

Lorsque enfin l'assaut cessa, Alice constata que la petite voix en question était celle d'un **gros** Pigeon en colère.

– Des serpents ! Encore et toujours des serpents ! répétait-il. Comme s'il n'était déjà pas assez **difficile** de couver des œufs... Il faut en plus constamment se défendre des reptiles !

– Je vous prie de m'excuser de vous avoir ainsi dérangé, déclara poliment la jeune souris, mais, **VOYEZ**-vous, moi, *je ne suis pas* un serpent !

– Ah oui, et tu serais quoi, alors ? Dis-moi un peu ! ricana le Pigeon.

– Eh bien... une souricette ! répondit Alice.

– Une souricette, ben voyons ! répliqua le Pigeon d'un ton méprisant. Et bientôt, tu vas me dire que tu ne manges pas d'œufs, n'est-ce pas ?!

Un serpent! Un serpeeent!

– Si, avoua Alice, qui était une souricette très sincère. Mais...

– Tu vois?! Alors souricette ou serpent, quelle **dif-férence**? Tu traques les œufs, donc va-t'en d'ici!

Alice se rappela alors qu'elle avait toujours les deux **MORCEAUX** du champignon. Elle se mit à les grignoter, l'un puis l'autre, jusqu'à atteindre une hauteur d'environ vingt-trois centimètres. Quel soulagement!

Fourrant dans ses poches les petits bouts qui lui restaient, elle se mit à scruter les alentours et découvrit qu'elle se trouvait dans une prairie, toute proche d'une grande demeure à l'aspect seigneurial.

Laquais-Poisson et Laquais-Grenouille

Tandis qu'Alice contemplait la maison avec **curiosité**, un élégant Laquais sortit de la forêt et se dirigea vers l'entrée. La souricette comprit la charge qu'il assurait en voyant la livrée dont il était vêtu ; pour le reste, c'était un **gros** poisson, qui portait une énorme enveloppe sous sa nageoire.

Le Laquais-Poisson frappa à la porte, qui lui fut ouverte par un autre domestique en livrée, au visage rond et aux gros **YEUX** de grenouille. Tous deux arboraient une volumineuse perruque **bouclée** et poudrée.

Laquais-Poisson et Laquais-Grenouille

Intriguée, Alice s'approcha discrètement.

Brandissant le pli, le Laquais-Poisson annonça avec déférence :

– Pour la Duchesse ! Une invitation à une partie de croquet de la part de la Reine !

En entendant ces paroles, le Laquais-Grenouille baissa cérémonieusement la tête et répéta la phrase du visiteur en modifiant l'ordre des mots :

– De la part de la Reine ! Une invitation à une partie de croquet pour la Duchesse !

Tous deux s'INCLINÈRENT bien bas pour se saluer. Mais quand le Laquais-Grenouille voulut se relever, il s'aperçut que son postiche s'était accroché à celui du Laquais-Poisson !

Cela fit tant rire la jeune souris qu'elle dut momentanément s'éloigner pour ne pas se faire REPÉRER.

Laquais-Poisson et Laquais-Grenouille

Lorsqu'elle revint, le Laquais-Poisson était parti et son collègue, assis près de l'entrée, fixait le CieL d'un air pensif.

Alice marcha jusqu'à la porte et frappa.

TOC TOC TOC !

– Pas la peine de frapper, l'informa le Laquais-Grenouille. Et ce pour deux raisons. D'abord parce que c'est moi qui devrais normalement t'ouvrir, or, comme tu peux le **CONSTATER**, je me trouve dehors avec toi. Ensuite, parce qu'il y a un tel tintamarre là-dedans qu'il est impossible qu'on t'entende.

En effet, de l'intérieur de la maison provenait un mélange de bruits assourdissants : cris, *éternuements*, vaisselle brisée…

– J'aimerais quand même entrer ! insista Alice. Comment puis-je procéder ?

Sans faire cas de la question de la souricette,

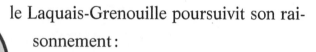

Laquais-Poisson et Laquais-Grenouille

le Laquais-Grenouille poursuivit son raisonnement :

– Frapper ne serait utile que si tu étais *dans* la maison. Là, je pourrais évidemment te libérer le passage et te faire… sortir…

À cet instant, la porte de la demeure s'ouvrit, une grande assiette *vola*, effleura la tête du Laquais, et se fracassa contre un arbre.

– Et maintenant, je peux y aller ? demanda Alice.

Elle attendit quelques minutes, puis, ne recevant aucune réponse, franchit le seuil de la maison.

La Duchesse

La porte donnait directement sur une vaste cuisine, remplie de **fumée**. Au milieu de la pièce trônait la Duchesse (qu'Alice reconnut à son aspect bien caractéristique de... **Duchesse**!). Assise sur un tabouret, celle-ci tenait dans ses bras un nouveau-né emmailloté de la tête aux pieds : on ne voyait que ses yeux ! Non loin d'elle, une grande et grosse Cuisinière remuait énergiquement la soupe qui cuisait dans un **GIGANTESQUE** chaudron.

Alice sentit l'intérieur de son nez la démanger : ce qu'elle avait pris pour de la fumée était en réalité un nuage de **POIVRE** !

La Duchesse

De ce fait, la Duchesse se répandait en éternuements. Le bébé lui-même hurlait, s'**AGITAIT** et éternuait en rafale.

Les deux seuls à ne pas se sentir irrités étaient la Cuisinière et un gros Chat étendu devant l'**ÂTRE**.

Le regard de la souricette s'arrêta sur ce dernier, qui ne manquait pas de surprendre! Sa bouche s'élargissait en un immense **SOURIRE** en forme de croissant de lune, dont les pointes atteignaient presque ses oreilles.

Le Chat fixait Alice avec insistance, sans jamais cesser de sourire.

– Euh, excusez-moi… se lança la jeune souris en espérant ne pas faire d'impair. Pourriez-vous me dire pourquoi votre **CHAT** sourit ainsi?

– Quelle question! C'est le Chat du Cheshire! répliqua sèchement la Duchesse.

La Duchesse

Bien qu'elle se sentît un peu INTIMIDÉE (après tout, jamais auparavant elle n'avait été admise dans la compagnie d'une Duchesse), Alice était si *intriguée* par l'animal qu'elle ne put s'empêcher d'insister :

– J'ignorais que les Chats du Cheshire se comportassent ainsi, confia-t-elle d'une voix *charmante*. À vrai dire, je ne savais même pas que les chats *pouvaient* sourire !

– Ils le font tous ! rétorqua la grande dame.

– Ah oui ? Pourtant, je n'en connais pas un seul dans ce cas, objecta poliment la souricette.

Elle n'était pas **sûre** qu'il fût judicieux de contredire la Duchesse, mais se réjouissait d'avoir engagé la conversation avec elle.

– Il y a un tas de choses que tu ne connais pas, voilà tout ! lui assena tout NET celle-ci.

Cette remarque peu amène vexa Alice, mais elle préféra ne pas la relever.

La Duchesse

La Cuisinière retira alors le chaudron du **FEU**, et, contre toute attente, se mit à bombarder la Duchesse et le bébé avec tout ce qui lui tombait sous la main : casseroles, poêles, plats...

– Enfin, madame ! Faites **ATTENTION**, je vous prie ! cria Alice dans l'espoir de l'arrêter.

Quant à la Duchesse, elle se contentait d'éviter les projectiles comme si de rien n'était.

– Si chacun faisait attention à ce qu'il fait, je suis certaine que la Terre tournerait à un rythme bien plus rapide ! observa-t-elle d'un ton grave en esquivant d'un bond **AGILE** une salière.

– Ce ne serait pourtant *pas* une bonne chose ! estima Alice. Pensez à ce que deviendraient le jour et la **NUIT** ! La Terre met

vingt-quatre heures à tourner autour de son *axe* et...

– Arrête de m'ennuyer ! l'interrompit la Duchesse. Je n'ai jamais supporté les calculs et autres affaires de chiffres !

À bout de patience, elle mit le nouveau-né dans les pattes de la souricette en lui disant :

– À toi de t'en occuper maintenant ! Je dois aller me préparer pour la partie de croquet avec la Reine.

Bébé
ou porcelet ?

Alice eut le plus grand **MAL** à tenir le bébé, car non seulement il était lourd, mais en plus il n'arrêtait pas de projeter ses bras et ses jambes dans tous les **sens**.

– Tu ne te calmes donc jamais ?! le gronda-t-elle.

Quand enfin elle trouva la **BONNE** manière de le bercer et que le petit s'apaisa, il se mit à crachoter comme une locomotive. La souricette décida alors de l'emmener faire une promenade à l'extérieur. À l'air libre, il cessa de renâcler et d'éternuer, mais commença à... **GROGNER** !

Alice, très *inquiète*, observa attentivement le

Bébé ou porcelet ?

nourrisson : il avait deux solides **joues** roses et un petit nez rond en forme de patate, *tellement* en patate d'ailleurs qu'on aurait dit... un groin.

Même ses **YEUX** étaient *bizarres* pour un enfant...

– Mon cher, si tu as l'intention de te transformer en petit cochon, je ne pourrai plus prendre soin de toi. Réfléchis bien ! lui dit la jeune souris avec gravité.

Le malheureux eut un **hoquet**, qui se mua en un grognement puissant et sonore, manquant de terrifier Alice. Plus aucun doute : c'était bien un porcelet !

Comme la jeune souris n'avait plus vraiment de raison de le tenir, elle le posa délicatement par **terre** et le laissa libre de ses mouvements.

Tout content, le petit cochon trottina vers la **forêt**.

– Comme bébé, il n'était peut-être pas très beau, mais comme porcelet, il faut reconnaître qu'il

Bébé ou porcelet?

est **ADORABLE** ! nota Alice. Tandis qu'elle formulait cette remarque, la souricette remarqua un animal paresseusement étendu sur la B RAN(H E d'un arbre et le reconnut sur-le-champ.

– Voyez-vous ça! s'exclama-t-elle en décidant de s'approcher pour examiner la bête de plus près.

Quel chemin
dois-je prendre ?

Alice avança pas à pas jusqu'à l'arbre où était perché nul autre que... le Chat du Cheshire. Dès qu'il la vit, celui-ci ÉLARGIT encore son immense sourire.

– Chaton du Cheshire, commença-t-elle précautionneusement (de fait, elle ignorait si l'animal aimait être appelé ainsi).

La gueule du chat s'étira de plus belle.

«Au moins, il est content», pensa la jeune souris, **soulagée**.

– Chaton du Cheshire, reprit-elle, pourrais-tu me dire quel CHEMIN je dois prendre ?

Quel chemin dois-je prendre ?

– Ma foi, ça dépend beaucoup de là où tu veux aller, répliqua-t-il.

Alice réfléchit et dit :

– À **vrai** dire, je n'en sais rien...

– Alors le choix de la route n'a pas grande importance, conclut le **FÉLIN**.

– Du moment qu'elle mène quelque part... précisa Alice.

– Oh, ça ne fait aucun doute, pourvu que tu marches assez **longtemps**, observa le Chat avec sagesse.

Et il avait raison. Ne sachant quoi répondre, Alice décida de poser sa question autrement :

– Qui vit par ici ?

– De ce côté, un Chapelier fou, indiqua l'animal en levant sa patte droite.

Quel chemin dois-je prendre ?

Et de l'**autre**, un certain Lièvre de Mars. Tu peux rendre visite à l'un ou à l'autre, si le **cœur** t'en dit.

Sur ces paroles, il lui sourit et prit congé :

– On se reverra chez la Reine pour la partie de croquet !

La partie de croquet ?! Alice se sentait de plus en plus **perdue**. Elle y participerait volontiers, mais n'avait pas été invitée.

Avant qu'elle ait pu l'en informer, le Chat commença *lentement* à disparaître : d'abord le bout de sa queue, puis tout le corps jusqu'à son sourire, qui continua pourtant à flotter dans l'air un moment après que le reste se fut **volatilisé**.

– Elle est bien bonne ! J'ai vu des myriades de chats sans sourire, mais des sourires sans chat, jamais ! Quel **phénomène** ! s'amusa Alice.

Après avoir patienté quelques minutes sous l'arbre

Quel chemin dois-je prendre ?

pour vérifier si, par hasard, le Chat du Cheshire ne RÉAPPARAÎTRAIT pas, la souricette décida de se remettre en route. Et elle se dirigea en sautillant vers la maison du Lièvre de Mars.

Un thé vraiment extravagant !

Alice traversa une partie de la forêt et arriva en vue d'une maison à longues oreilles (qui étaient en réalité des cheminées) et au toit couvert de **FOURRURE**.

– C'est sûrement là que vit le Lièvre de Mars ! devina la souricette (mise sur la bonne **VOIE** par les oreilles).

La demeure était si impressionnante qu'Alice résolut de s'en approcher seulement après avoir mangé un autre **MORCEAU** de champignon et atteint la taille de soixante centimètres.

Elle s'avança alors vers l'entrée d'un pas hésitant.

Un thé vraiment extravagant !

« Espérons que le maître de maison ne sera pas aussi *IRASCIBLE* que la Duchesse ! J'aurais peut-être mieux fait d'aller chez le Chapelier fou… » se dit-elle.

La jeune souris ne pouvait savoir qu'elle allait rencontrer ce **personnage** bien plus tôt qu'elle ne l'imaginait !

Devant la maison, une table était dressée avec tout ce qu'il fallait pour une vingtaine de convives : tasses à thé, *sucriers*, petites assiettes, tranches de pain, beurre et bien d'autres choses encore.

Assis à un **BOUT** de la table, le Lièvre de Mars dégustait son thé en compagnie d'un petit homme coiffé d'un chapeau : le Chapelier fou !

Entre les deux était couché un **gros** Loir, qui dormait béatement. Appuyant leurs coudes sur son dos pour bavarder d'autant plus

confortablement, le Lièvre et le Chapelier s'en servaient comme d'un coussin.

«Ce malheureux Loir est dans une position très inconfortable», pensa Alice.

Alors que la table offrait tout l'ESPACE voulu, les trois larrons se serraient sur l'un des côtés.

Dès qu'ils aperçurent Alice, le Lièvre de Mars et le Chapelier fou **SAUTÈRENT** sur leurs pattes pour la faire déguerpir.

– Il n'y a pas de place ! Il n'y a pas de place ! crièrent-ils en gesticulant désespérément.

– Mais si ! Il y en a *à volonté* ! répliqua la **souricette**, en s'installant dans le fauteuil qui trônait en tête de table, à côté d'eux.

Le Lièvre se leva, passa derrière elle et alla s'asseoir en face du Chapelier.

– Prends donc un peu de **jus d'orange**, proposa-t-il ensuite à Alice d'un ton engageant.

Un thé vraiment extravagant !

La jeune souris balaya la table du **REGARD**, mais ne vit pour toute boisson que du thé.

– Merci, mais... il n'y en a pas... répondit-elle.

– En effet, je n'en ai pas la moindre **GOUTTE**, confirma le Lièvre.

– Dans ce cas, ce n'est pas très poli de m'en proposer ! s'irrita Alice.

– Pas moins que de s'asseoir sans avoir été invité ! rétorqua **dédaigneusement** le Lièvre.

– Excusez-moi ! murmura alors la souricette en rougissant. Cette table est dressée pour de nombreux convives, c'est pourquoi je...

– Tu as les cheveux trop *longs* ! intervint le Chapelier fou, qui n'avait cessé d'**OBSERVER** Alice depuis son arrivée.

– Il ne faut jamais faire de commentaires personnels,

savez-vous ? le réprimanda celle-ci. Ce n'est pas *gentil* du tout !

Frappé par tant d'insolence, le Chapelier écarquilla les yeux, mais préféra changer de sujet.

– Quel est le point commun entre un CORBEAU et un bureau ? lui demanda-t-il.

« Enfin, quelque chose d'**amusant** ! » s'égaya Alice, qui adorait les devinettes.

Résous
la devinette!

« **U**n corbeau et un bureau... réfléchit Alice. Voyons un peu... »

Le Chapelier et le Lièvre de Mars la fixaient NERVEUSEMENT.

– Eh bien, je crois que je peux trouver la réponse! annonça-t-elle.

– Tu veux dire que tu penses pouvoir fournir une réponse? s'ENQUIT le Lièvre.

– Exactement! confirma Alice.

– Alors, tu ferais mieux de dire ce à quoi tu penses! la pressa-t-il.

– Oui, oui, c'est ce que je dis... enfin, ce que je

pense… s'empressa de répondre la souricette. Bref, je pense ce que je dis… Oh, tout ça, c'est pareil !

Le Chapelier, **indigné**, s'assombrit.

– Ce n'est pas *du tout* pareil ! Ce serait comme tenir pour équivalentes les phrases : « Je vois ce que je mange » et « Je mange ce que je vois ».

– Ou encore : « J'aime ce qu'on me donne » et « On me donne ce que j'aime », renchérit le Lièvre, amateur de **PRÉCISION**.

Le Loir, qui entre-temps s'était réveillé mais n'avait pas encore parlé, bâilla bruyamment et crut bon d'ajouter :

– Ou bien : « Je respire en dormant » et « Je dors en RESPIRANT ».

– Sauf que, dans ton cas précis, mon cher, *c'est* la même chose, rectifia le Chapelier.

Résous la devinette!

Soudain, la conversation retomba et toute la compagnie resta SILENCIEUSE pendant quelques minutes.

Alice, qui avait eu un peu de **mal** à suivre le raisonnement du Chapelier fou, en profita pour se rappeler tout ce qu'elle savait à propos des corbeaux et des bureaux, car elle tenait à trouver la réponse à cette étrange devinette.

Une montre
au beurre

Le Chapelier fut le premier à ROMPRE le silence. Il sortit une grosse montre et se mit à l'examiner d'un *air* préoccupé, la secouant et la portant à son oreille de temps à autre.

– Quel jour de ce mois sommes-nous ? finit-il par demander à Alice.

– Le... 4, HASARDA la souricette après un instant de réflexion.

– Deux jours de retard ! Je le savais ! soupira le Chapelier.

Puis, lançant un **REGARD** sombre au Lièvre, qui

Une montre au beurre

avait encore fait le tour de la table, pour s'asseoir à côté du Loir, il déclara :

– Je te l'avais bien dit, que le **BEURRE** n'est pas bon pour les rouages !

– Il était pourtant d'*excellente* qualité ! répondit *calmement* le Lièvre.

– Oui, mais des miettes s'y sont glissées aussi ! rouspéta son compagnon. Tu n'aurais pas dû utiliser le ⊂OUTEAU à pain pour l'étaler !

Le Lièvre s'empara de la montre et l'inspecta, le regard grave. Puis il la trempa dans sa tasse de thé et l'étudia de nouveau avec le plus grand sérieux.

– Du beurre de *premier choix* ! répéta-t-il.

Alice, qui avait suivi toute l'opération avec **intérêt**, s'étonna :

– Quelle drôle de montre ! Elle donne le jour du mois et pas l'heure !

Une montre au beurre

– Pourquoi donc le devrait-elle ? **bougonna** le Chapelier. Est-ce que ta montre t'indique l'année en cours ?

– Évidemment pas, car l'année reste la même pendant un **BON** moment.

Le Chapelier haussa les épaules.

– Eh bien, la mienne fait la même chose avec les heures.

– Je ne saisis pas très bien ce que vous me dites, déclara très *courtoisement* Alice.

Le Chapelier ne se démonta pas.

– Le Loir s'est rendormi, se contenta-t-il d'observer en versant quelques gouttes de thé **BRÛLANT** sur le museau de l'animal.

Celui-ci tressaillit et lâcha un commentaire au hasard :

– Zzz ! Bien sûr... zzzz ! J'allais le dire... zzzz !

– Alors ! reprit le Chapelier sur le **TON** de qui

Une montre au beurre

veut régler une question importante. Tu as fini par trouver la réponse à ma **devinette**?

– Non, je capitule! admit Alice. Quelle est-elle?

– Je n'en ai pas la moindre **IDÉE**! répondit ingénument le Chapelier.

– Moi non plus! Moi non plus! compléta le Lièvre en battant des pattes triomphalement.

À bout de **PATIENCE**, Alice les fustigea:

– Vous ne pourriez pas trouver de meilleures manières de passer le temps que de proposer des devinettes sans réponse!

Le Chapelier croisa les bras avec autorité.

– Ma chère, si tu connaissais le **Temps** comme je le connais, tu ne tiendrais pas ce langage! Je parie que tu ne lui as jamais adressé la parole!

– Peut-être pas, mais je sais que pendant mon cours de **MUSIQUE** je dois battre sa mesure! répliqua-t-elle.

– Ha, ha, ha ! s'esclaffa son interlocuteur en se tapant la cuisse, le Temps *ne supporte pas* d'être battu ! Si au contraire tu étais en *bons* termes avec lui, tu pourrais demander à ta montre tout ce que tu veux !

Alice ouvrit de grands **YEUX** : c'était une nouvelle extraordinaire !

– Si par exemple il était neuf heures du matin, l'horaire auquel débutent tes leçons, commença le Chapelier, eh bien, tu pourrais prier ta montre (gentiment, bien sûr) de faire un **BOND** jusqu'à l'heure du déjeuner !

– Mais je n'aurais pas **encore** faim… nota pertinemment la souricette.

– Au début peut-être pas, en convint le Chapelier, mais tu pourrais faire durer la pause aussi long-temps que tu le *voudrais* !

Le visage d'Alice s'éclaira.

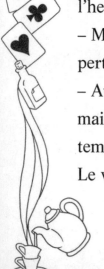

Une montre au beurre

– C'est ce que vous avez choisi de faire? Vous arrêter à l'heure du thé?

Le Chapelier **secoua** tristement la tête.

– Non, notre histoire est encore différente! Tout a commencé en mars dernier, lors du concert offert par la Reine de Cœur. Je devais chanter «Ah, vous dirai-je, Gontran»... tu sais, la ritournelle qui fait:

AAAAAH, VOUS DIIIRAI-JEEE, GOOONTRAAAAAAAN...

Il se mit à la chanter avec tant de trémolos et de **fausses** notes qu'Alice dut se dominer pour ne pas se boucher les oreilles.

Lorsque, satisfait, il eut fini, le Chapelier reprit son récit:

– J'étais presque arrivé à la fin du premier vers, lorsque la Reine se mit à **CRIER**: «Il massacre le

Une montre au beurre

Tempo! Coupez-lui la tête!» Et depuis, le Temps se venge en me maintenant à l'horaire de six heures du soir.

– J'ai compris! s'exclama la **souricette**. C'est pour ça qu'il y a tant de couverts sur cette table... Le Chapelier acquiesça:

– Exact: comme c'est toujours l'heure du thé, nous n'avons jamais le Temps de faire la vaisselle. C'est pourquoi, après avoir **sali** tasses et cuillères à un endroit, nous passons simplement à la place d'à côté.

– Quelle histoire ennuyeuse... commenta le Lièvre en s'étirant. Je propose que le Loir nous raconte quelque chose de *neuf*...

L'histoire farfelue du puits de mélasse

Le Chapelier fou et le Lièvre de Mars se mirent à **secouer** le pauvre Loir.

– Réveille-toi, Loir ! Eh, l'ami ?

Le Loir resta immobile, seules ses paupières se soulevant *lentement*.

– Zzz, je ne dors pas, zzz… marmonna-t-il d'une voix rauque et ensommeillée.

Impatients, le Lièvre et le Chapelier le pincèrent, et le Loir commença à raconter :

– Il était une fois trois sœurs qui vivaient au fond d'un **PUITS**…

– Que mangeaient-elles ? demanda Alice.

– De la mélasse, répondit le Loir en bâillant.

L'histoire farfelue du puits de mélasse

– De la mélasse ?! répéta Alice, **STUPÉFAITE**.

– Veux-tu encore un peu de thé ? intervint alors le Lièvre en lui tendant une tasse.

La souricette le regarda, **INCRÉDULE**.

– En fait, je n'en ai pas encore bu. Comment ferais-je pour en prendre *encore* ?

Profitant tout de même de la proposition, elle se servit en **thé**, ainsi qu'en pain et en beurre. Puis elle revint à la charge :

– Pourquoi les trois filles se trouvaient-elles dans un puits ?

Le Loir MÉDITA longuement sa réponse.

– C'était un puits de mélasse ! trancha-t-il finalement.

Exaspérée, Alice leva les yeux au ciel.

– Enfin, les puits de mélasse n'existent p…

– Chhhut ! Chhhut ! l'interrompirent les deux autres larrons. C'est très mal élevé de couper les gens !

Alice s'excusa.

L'histoire farfelue du puits de mélasse

– Bon, disons qu'à la rigueur *un* puits de mélasse peut se concevoir, **concéda**-t-elle.

– Un puits, un ! Qui dit mieux ? fit le Loir. Donc, ces trois sœurs…

– Je veux une tasse propre ! réclama le Lièvre en se LEVANT brusquement de son siège. Déplaçons-nous d'un cran !

Sur ces mots, il se glissa sur la CHAISE d'à côté, le Loir s'installa à sa place, le Chapelier prit celle du Loir et Alice, de mauvais gré, s'assit là où se trouvait auparavant le Chapelier. Le seul à tirer avantage de ce **déplacement** fut le Lièvre.

La souricette, elle, perdit au change, car le Chapelier avait renversé un pot de LAIT devant son assiette.

Quel manque d'éducation ! C'en était

L'histoire farfelue du puits de mélasse

trop! Vexée, Alice se leva de table et s'en alla sans saluer quiconque.

Au bout de quelques pas, elle se retourna pour vérifier s'ils n'essayaient pas de la retenir, mais le Chapelier et le Lièvre étaient absorbés par une nouvelle activité fort amusante : tenter de faire *entrer* le Loir dans la théière !

Alice soupira et pénétra dans la forêt. C'était certainement le thé le plus **extravagant** auquel elle ait jamais pris part.

Roses blanches, roses rouges

Alors qu'elle marchait au milieu des **arbres**, Alice remarqua un énorme TRONC creux avec une petite porte.

– Voilà qui est insolite ! commenta-t-elle.

Après avoir jeté un **COUP D'ŒIL** autour d'elle, elle poussa la porte et entra. C'était… à peine croyable ! À son immense surprise, la souricette se trouvait à nouveau au milieu du corridor dans lequel elle avait abouti peu après sa CHUTE au fond du terrier du Lapin.

Tout y était : le guéridon en verre, la clé en **OR**, la minuscule porte menant au charmant jardin…

Roses blanches, roses rouges

– Cette fois, je dois veiller à ne pas faire de BÊTISE, se recommanda-t-elle.

Elle prit la petite clé et ouvrit précautionneusement la porte. Puis elle sortit de sa poche ce qui restait des deux **morceaux** du champignon, qu'elle grignota jusqu'à atteindre la taille voulue pour s'engager dans l'étroit couloir. Enfin, elle parcourut celui-ci et déboucha… dans le jardin tant désiré !

Alice contempla avec admiration ce qui l'entourait : parterres fleuris, haies élégamment taillées, fontaines… L'endroit était **merveilleux** ! Un grand buisson de roses jouxtait l'entrée du jardin. Ses fleurs étaient de couleur blanche, mais trois Jardiniers, munis de pots de peinture et de pinceaux, s'évertuaient à les *PEINDRE* en rouge.

«Pourquoi font-ils cela ?» se

demanda la jeune souris en s'**approchant** pour mieux voir. Les trois domestiques avaient un aspect très singulier : leur corps était `rectangulaire` et plat, leurs pattes pointant aux quatre angles. On aurait dit des cartes à jouer ! Pour être plus précis, un Cinq, un Sept et un Deux de Pique. Tous trois semblaient **pressés** d'en finir, mais se montraient si maladroits qu'ils répandaient de la couleur partout sauf sur les roses !

– Attention, Cinq ! Tu ÉCLABOUSSES tout !

– Je n'y suis pour rien, Deux ! Sept n'arrête pas de me pousser du COUDE ! Du coup, ça gicle !

– Merci beaucoup, mon cher Cinq ! Avec toi, c'est toujours la faute des autres… siffla finalement Sept en jetant son pinceau à terre.

Les trois compères prirent alors conscience de la présence d'Alice et s'inclinèrent profondément devant elle.

Roses blanches, roses rouges

Encouragée par leurs aimables manières, la souricette prit la parole :

– Bonjour, messieurs les Jardiniers ! Pourriez-vous m'expliquer, s'il vous plaît, pourquoi vous peignez ces *roses* en rouge ? Blanches, elles sont déjà très belles…

Sans piper mot, Cinq et Sept se tournèrent vers Deux.

– Il se trouve, chère mademoiselle, que nous aurions dû planter ici un rosier *rouge*, mais par ERREUR nous avons mis en terre celui-ci, qui produit des roses *blanches*. Si la Reine venait à le découvrir… elle nous couperait la tête à tous les trois ! chuchota Deux à la manière d'un conspirateur.

Alice tressaillit d'effroi.

– Donc, comme vous le voyez, poursuivit Deux en désignant leur **MATÉRIEL**, nous nous empressons

Roses blanches, roses rouges

de repeindre chaque fleur avant que Sa Majesté s'en aperçoive !
À cet instant, Cinq, qui scrutait les confins du JARDIN, bondit.

– La Reine ! La Reiiine !!! hurla-t-il.

Les trois Jardiniers se jetèrent immédiatement à terre, le visage collé au sol. Alice se retourna et vit arriver le cortège le plus étrange qu'on puisse imaginer.

Coupez-leur
la tête !

En premier venaient dix Soldats, dont les LANCES et les étendards arboraient un Trèfle. Ils avançaient en rang par deux, dans le plus grand ordre. Dans leur sillage cheminaient, également par deux, dix Courtisans aux armes du CARREAU. Immédiatement derrière eux, dix Princes de Cœur, *gais* et insouciants, s'autorisaient de gracieuses pirouettes, au risque de sortir de la colonne. Ils étaient suivis des invités : pour la plupart, des rois et des reines de couleurs diverses. La marche des monarques était ouverte par un personnage qui se perdait en saluts obsé-

Coupez-leur la tête !

quieux – le Lapin blanc ! – et fermée par un Valet de Cœur, exhibant la couronne royale sur un **moelleux** coussin de velours cramoisi.

À la toute fin de cette POMPEUSE procession apparaissaient le Roi et la Reine de Cœur.

Debout au bord de l'allée, Alice attendait de voir passer cette dernière.

Alors que le bout du CORTÈGE finissait de défiler, les souverains invitants s'immobilisèrent devant la souricette, et un grand silence se fit.

– Qui est-elle ? demanda la Reine en fixant Alice d'un **ŒIL** torve.

Pour toute réponse, le Valet de Cœur interrogé s'inclina profondément.

– Ah, ces valets ! Ils ne savent rien faire d'autre que la révérence ! s'agaça la souveraine. Impossible d'en obtenir l'information **voulue** !

Coupez-leur la tête !

Revenant à plus de *courtoisie*, elle s'adressa directement à Alice :

– Comment t'appelles-tu, souricette ?

Après avoir exécuté à son tour une petite révérence (on n'est jamais trop prudent…), Alice répondit aimablement :

– Je me nomme Alice, Votre Auguste **Majesté impériale** !

Semblant approuver cette réponse, la Reine opina du chef, satisfaite. Puis, après avoir regardé autour d'elle, elle désigna les Jardiniers étendus au sol et s'enquit DISTRAITEMENT :

– Et ces trois-là, qui sont-ils ?

Comme les domestiques étaient couchés face contre terre, on ne pouvait guère déterminer de quelles cartes il s'agissait. Pour ce qu'en savait la Reine, ils auraient pu être aussi bien des **SOLDATS** que des Courtisans,

Coupez–leur la tête !

des Jardiniers ou trois de ses propres enfants. Alice, qui éprouvait de la sympathie pour les peintres improvisés, ne se laissa pas intimider : après tout, cette souveraine ne régnait que sur un royaume de 🅟🅐🅟🅘🅔🅡 !

– Comment le saurais-je ? répliqua-t-elle non sans toupet.

La Reine devint **écarlate** jusqu'au sommet de sa couronne.

– Coupez-lui la tête !!! Coupez-lui la tête !!!! tempêta-t-elle en gesticulant pour se faire obéir des Soldats.

Le Roi tenta de la calmer.

– Allons, ma chère, ce n'est qu'une souricette... lui **murmura**-t-il.

La Reine, plus furieuse encore, s'approcha des trois cartes plaquées au sol.

– Debout, vous trois ! leur ordonna-t-elle.

Coupez-leur la tête !

Comme aiguillonnés, les malheureux Jardiniers se levèrent aussitôt et se répandirent en courbettes.

– Arrêtez immédiatement, vous me donnez le TOURNIS ! cria la monarque, hors d'elle.

Détournant le regard des trois domestiques, elle aperçut le buisson de roses, dont les fleurs, dégoulinantes de peinture, étaient mi-blanches, mi-ROUGES.

– Qu'étiez-vous donc en train de faire ? les interrogea-t-elle d'un air menaçant.

Baissant la tête, Deux balbutia d'un ton repentant :

– Majesté, nous voulions seulement…

– Je sais parfaitement ce que vous vouliez faire ! l'interrompit la Reine, fulminante. Gardes, qu'on leur COUPE la tête !

Les trois Jardiniers coururent se réfugier auprès d'Alice, qui s'empressa de les rouler sur eux-mêmes et de les cacher dans un bac à fleurs proche.

Sais-tu jouer au croquet ?

La Reine retrouva subitement sa bonne HUMEUR et, oubliant les Jardiniers, prit Alice par le bras.

– Sais-tu JOUER au croquet ? lui demanda-t-elle.

– Bien sûr ! Et j'adore ça ! s'exclama la souricette, radieuse.

Admise au sein du cortège, elle se retrouva à côté du Lapin blanc.

– Où se trouve la Duchesse ? l'interrogea Alice.

– Chhhut ! fit le Lapin blanc pour qu'elle se taise, tout en lorgnant derrière son dos d'un air INQUIET. Il ne faut pas la nommer, à aucun prix,

Sais-tu jouer au croquet ?

car la Reine a ordonné de lui faire couper la tête ! Alice n'en fut guère étonnée : faire couper la tête des gens semblait être le passe-temps favori de la souveraine.

Entre-temps, toutes les cartes avaient pris place pour le **début** de la partie. Alice n'avait jamais vu un terrain de croquet aussi *fantaisiste* ! Le sol était émaillé de creux et de bosses, des hérissons tenaient lieu de boules et des FLAMANTS roses de maillets. Enfin, certaines cartes avaient posé les pattes antérieures au sol et faisaient le dos rond pour servir d'arceaux.

Pénétrant sur le terrain pour saisir son flamant rose, Alice comprit rapidement que l'amener à coopérer ne serait pas une mince affaire ! Lorsqu'elle pensait l'avoir bien en patte, celui-ci se **REDRESSAIT** et, se tortillant dans

tous les sens, la chatouillait impitoyablement. Sans parler du hérisson : lorsque la souricette s'apprêtait à le **FRAPPER**, l'animal se déroulait et trottinait un peu plus loin, avec l'air de bien s'amuser. Bref, c'était un vrai désastre !

Quant au reste de la partie, elle se déroulait d'une manière passablement CONFUSE. Refusant d'attendre leur tour, les participants jouaient tous en même temps. De plus, ils ne cessaient de se contredire et de se DISPUTER les hérissons les plus ronds (qui présentaient l'avantage de rouler plus vite).

Comme si cela ne suffisait pas, la Reine se fâchait chaque fois que quelqu'un (à part elle) marquait un **POINT**, et continuait d'ordonner de trancher la tête de qui bon lui semblait.

Sentant monter en elle une certaine appréhension, Alice chercha des yeux un moyen de s'*ENFUIR*.

Sais-tu jouer au croquet?

Alors qu'elle commençait à désespérer, elle vit quelque chose prendre *forme* en face d'elle. Cela ressemblait à... un sourire!

– Le Chat du Cheshire! lâcha-t-elle, heureuse de trouver un ami en plein CHAOS.

– Comment vas-tu? lui demanda le félin quand sa bouche fut complète.

La souricette attendit qu'**apparaissent** également ses yeux pour hocher silencieusement la tête. «Inutile de lui parler avant de discerner au moins l'une de ses oreilles», pensa-t-elle.

Lorsqu'il ne manqua plus rien à la TÊTE du Chat, Alice lui exposa la situation.

– Tu aimes bien la Reine? s'enquit le félin.

– Pas du tout! avoua la jeune souris en élevant un peu trop la voix.

Sais-tu jouer au croquet ?

– À *qui* parles-tu ? intervint le Roi, qui avait tout ENTENDU de la conversation.

Alice s'empressa d'expliquer :

    – À l'un de mes amis, le Chat du Cheshire.

    – Sa tête ne me plaît pas du tout, déclara le souverain en se rapprochant. Qu'il parte !

    – Qu'on lui coupe la tête ! rectifia aussitôt la Reine.

Son époux fit venir deux Soldats, qui soulevèrent un ÉPINEUX problème : comment pouvaient-ils décapiter un Chat qui n'avait pas de corps ?!

– Trouvez une solution **sur-le-champ**, sinon je fais trancher la tête de tout le monde ! les pressa la monarque.

À ces mots, les personnes présentes ressentirent un profond **malaise**. Le Roi, la Reine et les Soldats se consultèrent pour tenter de résoudre la ques-

tion, mais, au bout de quelques minutes, ils décidèrent de s'en remettre à Alice : qu'elle arbitre !

– Ma foi, comme le Chat appartient à la Duchesse, peut-être devriez-vous lui demander son avis... raisonna la **souricette**.

La Reine réfléchit à cette suggestion, puis y consentit.

– Soldats, la Duchesse est en prison. Amenez-la jusqu'ici !

Les Soldats filèrent à la vitesse de l'*ÉCLAIR*. Quand ils furent à quelque distance, les traits du félin commencèrent à s'*ESTOMPER*. Et lorsqu'ils revinrent en compagnie de la Duchesse, le Chat avait disparu.

La morale est...

Quand la Duchesse aperçut Alice, son visage s'**ÉCLAIRA** et elle lui prit le bras.

– Ah, comme je suis contente de te revoir, ma bonne vieille amie! s'exclama-t-elle avec le plus chaleureux des sourires.

Alice s'en réjouit: au moins cette fois la Duchesse était de bonne humeur! Lorsque la souricette avait fait sa connaissance, peut-être était-elle simplement irritée par le nuage de poivre...

«Il doit y avoir une explication scientifique, songea Alice. Le **POIVRE** rend irritable, le vinaigre suscite l'aigreur, les potions amères engendrent l'amertume et le sucre adoucit. Ah, si les savants

La morale est...

pouvaient en prendre conscience ! Le poivre serait banni de toutes les cuisines du monde et plus personne n'aurait de raison de se DISPUTER... »

Perdue dans ses réflexions, Alice avait délaissé la Duchesse. Lorsqu'elle entendit de nouveau sa voix, elle **sursauta**.

– Tu penses à quelque chose, ma chère, et tu en oublies de parler, observa la Duchesse. La morale de cela est... Ah, voici que cela m'échappe, mais d'ici peu je m'en souviendrai, tu verras !

– Peut-être n'y a-t-il pas de morale à cela, risqua Alice.

– Ne dis pas de *BÊTISES*, petite ! Il y en a une en tout ; il suffit de la trouver ! la sermonna son aînée.

La morale est...

Entre-temps, la partie de croquet avait repris, tous les joueurs ayant récupéré leur flamant rose.

– Le **jeu** se déroule nettement mieux maintenant, commenta Alice pour alimenter la conversation.

– En effet! acquiesça vivement la Duchesse. Moralité: «L'amour, oui, l'amour, fait **tourner** le monde».

Alice fronça les sourcils, perplexe, tandis que sa compagne s'empressait de trouver un autre sujet d'où tirer une morale.

– Ton flamant est un brin nerveux! **DÉCLARA**-t-elle tout à coup.

Alice haussa les épaules.

– Je ne trouve pas, mais de toute façon il vaut mieux ne pas le perturber: il pourrait donner des coups de bec! Et quand il le fait, ma foi, ça pique!

– Ça pique!!! Exactement comme la

La morale est...

moutarde! s'*anima* la Duchesse. Moralité: «Qui se ressemble s'assemble».

Mais **SOUDAIN** elle se pétrifia et devint toute pâle: la Reine marchait dans leur direction avec un air FÉROCE!

Haletant et piaffant sous le nez de sa vassale, elle brama:

– De deux choses l'une: ou c'est toi qui disparais, ou c'est ta tête!

La Duchesse se volatilisa instantanément!

– Excellent! conclut la Reine en se frottant les pattes. Et maintenant, revenons à notre partie de croquet!

Effrayée, Alice la suivit sans rien dire jusqu'au parcours de jeu.

Le Griffon
paresseux

Les joueurs avaient profité de l'absence de la Reine pour faire un somme. Dès qu'ils la virent revenir, ils se FROTTÈRENT les yeux, regagnèrent le terrain à toute vitesse et frappèrent dans leur hérisson complètement au hasard.

La Reine reprit la partie en faisant de son mieux, c'est-à-dire en HURLANT sans cesse et avec la plus grande désinvolture: «Coupez la tête de celui-ci!», «Tranchez celle de celui-là!» Si bien que, vers le milieu de la partie, tous les participants, à part le Roi, Alice et la Reine elle-même, se retrouvèrent en attente de leur EXÉCUTION.

Le Griffon paresseux

La souveraine **PROCLAMA** alors la fin du jeu et attira la souricette à part.

– Dis-moi, as-tu déjà **VU** la Tortue-à-Tête-de-Veau ? lui demanda-t-elle.

Alice n'avait aucune idée de qui il pouvait bien s'agir.

– Il faut *immédiatement* que tu fasses sa connaissance ! **Suis-moi !** ajouta la Reine.

Tandis que toutes deux s'éloignaient, la jeune souris entendit le Roi chuchoter secrètement aux condamnés :

– Vous serez tous graciés ! Tous graciés ! Chhhut…

« Tant mieux ! » songea Alice, RASSÉRÉNÉE.

Après une courte marche, la jeune souris et la Reine rencontrèrent, non loin d'une plage, un Griffon profondément endormi.

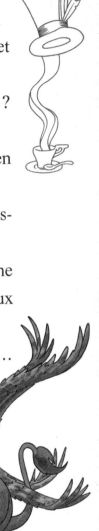

Le Griffon paresseux

– Lève-toi, fainéant ! cria la Reine en lui tirant la queue.

Alice n'avait jamais vu une créature pareille ! Le bas de son corps était celui d'un lion et le haut celui d'un aigle avec d'immenses ailes et un BEC puissant. Et, de fait, il lui faisait assez peur.

L'animal, encore ensommeillé, se redressa péniblement en clignant des yeux.

– Tu ne fais que dormir ! le RABROUA la Reine. Conduis cette souricette auprès de la Tortue-à-Tête-de-Veau. Moi, j'ai une vingtaine de condamnés qui m'attendent !

«Ce Griffon est d'un **aspect** peu engageant, se dit Alice, mais je serai plus en sécurité avec lui qu'avec la Reine.»

La triste histoire de la Tortue-à-Tête-de-Veau

Dès que la Reine fut partie, le Griffon s'étira et observa Alice de plus près.

– Suis-moi! commanda-t-il en **secouant** ses ailes.

– Oh la la! RONCHONNA tout bas la petite souris. «Suis-moi par ici!», «Suis-moi par là!»… Je n'ai jamais reçu autant d'ordres de ma vie!

Après avoir parcouru un bout de chemin, tous deux distinguèrent la SILHOUETTE d'une grosse tortue avec une tête de veau. L'animal, tristement assis sur une plage déserte, pleurait si fort que la souricette sentit son CŒUR se serrer.

La triste histoire de la Tortue-à-Tête-de-Veau

– Tortue-à-Tête-de-Veau, l'apostropha le Griffon, raconte ton histoire à cette jeune souris!

La Tortue renifla et regarda Alice avec de grands **YEUX** remplis de larmes.

– Si vous voulez, snif! consentit-elle. Mais vous devez rester assis à m'écouter *jusqu'à la fin*!

Pendant de longues minutes, Alice et le Griffon attendirent que se tarissent les **snif snif** de l'inconsolable Tortue, mais celle-ci ne se décidait pas à parler. « Je ne vois pas comment on pourrait rester assis ici *jusqu'à la fin* de son histoire si elle ne la commence jamais… » songea la souricette.

Mais alors même qu'elle se faisait cette **réflexion**, le récit de l'animal débuta.

– Il fut un temps, snif, où j'étais une vraie

tortue, dit-elle en poussant un profond SOUPIR.
Ces premières paroles furent suivies d'un *long*
silence, si long qu'à un moment Alice fut tentée de
se lever, de remercier la créature pour ses édifiants
souvenirs et de s'en aller.

– Quand nous étions petits, snif, reprit pourtant la
Tortue, nous allions à l'école dans la **mer**. Notre
instituteur était une **vieille** Tortue, snif... que
nous appelions notre Maître *terrestre*...

– Pourquoi l'appeliez-vous ainsi alors que c'était
une tortue *marine*?

– Parce qu'il nous apprenait tout ce qu'il y a à
savoir ici-bas, expliqua la créature, quelque peu
froissée. Et donc... poursuivit-elle en plissant
les yeux si fort que de nouvelles larmes giclèrent
de tous les côtés, nous allions quotidiennement à
l'**école** dans la mer. Mais vraiment chaque jour!
Alice ne put se retenir de faire remarquer:

La triste histoire de la Tortue-à-Tête-de-Veau

– Ben, moi aussi, je vais à l'école *tous les jours*!

– Et tu y apprends des matières facultatives? demanda la Tortue avec appréhension.

– Bien sûr! Le français et la musique.

– Et le LAVAGE? insista l'animal.

Alice secoua la tête.

– Ça, non…

– Alors sache que ce n'est pas un BON établissement! l'informa la Tortue, soulagée.

Alice était très INTRIGUÉE.

– Que vous enseignait-on d'autre là-bas?

– Ma foi, l'ondologie, antique et moderne, et puis l'**écumologie** (pour les amateurs), commença à énumérer la créature en comptant sur ses pattes. Et aussi l'art de se traîner, enseigné par un escargot de mer et…

– Mais comment donc *se passaient* les cours? s'enquit Alice, de plus en plus intéressée.

La triste histoire de la Tortue-à-Tête-de-Veau

– Je n'en sais rien! gémit la Tortue. Je n'ai pu suivre que les matières de **BASE**.

– Quant à moi, je n'avais pas le temps d'étudier! précisa le Griffon en soupirant à son tour.

Tous deux échangèrent un **REGARD** de solidarité et enfouirent leur visage dans leurs pattes, retenant à grand-peine de nouveaux **SANGLOTS**.

– Courage, Tortue! Maintenant, parle-lui des jeux…

Le quadrille des homards

La Tortue-à-Tête-de-Veau *renifla* pour la énième fois, puis, s'essuyant les yeux du revers de la patte, s'adressa une nouvelle fois à Alice :

– Si tu veux pratiquer un **jeu** très amusant quand tu es à la mer, tu dois apprendre le quadrille des homards.

– C'est une **danse** très célèbre, tu sais ! indiqua le Griffon avec conviction.

Tous deux se lancèrent alors dans une description ENTHOUSIASTE de cette chorégraphie.

Vu qu'ils n'arrêtaient pas de se passer et de se repasser la parole, la souricette tournait **CONTI-**

Le quadrille des homards

NUELLEMENT la tête de droite à gauche et de gauche à droite, comme devant un match de tennis.

– Tout d'abord, les *danseurs* doivent former une colonne le long du rivage… commença le Griffon.

– *Deux* colonnes, je te prie ! le corrigea la Tortue. Avec des requins, des poulpes, des hippocampes et toutes sortes de poissons. Puis il faut éloigner toutes les **méduses**…

– Ce qui demande beaucoup de temps ! précisa le Griffon.

– Puis on fait deux pas en **AVANT**…

– Chacun prend pour cavalier un homard !

– Les deux partenaires se placent l'un en face de l'autre…

– … on change alors de homard et on recule de

deux pas ! En bon ordre, n'est-ce pas ? ajouta le Griffon.

– Oui, oui, puis on jette tous…

– … les homards…

– … le plus *loin* possible dans la mer…

– Puis on les rejoint à la nage !

– Et ensuite, on fait une PIROUETTE dans l'eau ! cria la Tortue en se dandinant frénétiquement.

– Ouiiiii ! acquiesça le Griffon en battant des pattes comme un **fou**. Et après, on change de nouveau de homard !

– On regagne la plage et… et…

La Tortue-à-Tête-de-Veau, dont l'animation était soudain **retom-bée**, suspendit un temps ses explications.

– … c'est la fin de la première figure du quadrille ! conclut-elle d'une voix éteinte.

Le quadrille des homards

Les deux compères, qui avaient **SAUTILLÉ** à qui mieux mieux pendant toute la présentation, se rassirent en silence et **FIXÈRENT** Alice avec mélancolie.

– Cette danse semble tout à fait charmante, commenta, **timidement** la souricette.

Le regard larmoyant de la Tortue s'**illumina** brusquement.

– Voudrais-tu que nous te fassions une petite démonstration ?

– Oh, j'adorerais ça ! répondit Alice en souriant.

Un ballet aussi spécial lui semblait en effet valoir le spectacle.

– En avant pour les premiers enchaînements ! **lança** gaiement la Tortue en invitant le Griffon à la rejoindre. Nous n'avons pas de homard, mais ils ne sont pas absolument indispensables…

Alice battit des **paupières**, sceptique : pas besoin

Le quadrille des homards

de homards dans un quadrille... des homards ?!
Mais avant qu'elle ait pu intervenir, les deux créatures se mirent à danser **GAUCHEMENT** autour d'elle, lui écrasant les pattes quand elles passaient trop près et moulinant dangereusement des antérieurs pour tenir le rythme.

« Mince, s'ils continuent comme ça, ils vont me réduire en bouillie ! » se dit la jeune souris.

De plus, tous leurs pas semblaient improvisés.

Tout en *dansant*, la Tortue se mit à chanter. Alice tenta de saisir le sens de ses paroles, mais comprit seulement qu'il était question d'un merlan.

« Un quadrille des homards sans homard mais accompagné d'une CHANSON sur un merlan... récapitula-t-elle intérieurement, je ne les suis plus du tout... Mais peut-être ai-je raté quelque chose... »

Merlan, merlustrant
et souliers marins

orsque la danse fut finie, Alice applaudit poliment. Sans se faire remarquer, elle jeta par **précaution** un coup d'œil à ses pattes, qui heureusement étaient encore entières. Ouuuf!

– Merci! C'est une danse, très… euh, GRACIEUSE. Et j'ai beaucoup aimé votre ballade sur le merlan! Mais je n'y ai pas compris grand-chose… commenta-t-elle.

– À propos de merlans, répondit la Tortue-à-Tête-de-Veau *peinant* à reprendre son souffle, tu en as déjà vu, n'est-ce pas?

La souricette acquiesça pensivement:

174

Merlan, merlustrant et souliers marins

– Je crois bien que oui. Ils ont la queue dans la bouche et sont couverts de **CHAPELURE**...

La Tortue secoua sa grosse tête d'un air indigné.

– De la chapelure?! Tu n'y penses pas! Dans la mer, les **VAGUES** l'emporteraient! Mais pour ce qui est de la queue dans la bouche, c'est vrai. Et sais-tu pourquoi ils se présentent ainsi? C'est trèèès simple... ouâââ...

Épuisée par sa **GYMNASTIQUE** chorégraphique, la Tortue s'endormit au beau milieu de sa phrase. Le Griffon prit le relais à voix basse pour ne pas réveiller son amie:

– Un jour, les merlans insis-tèrent pour aller au bal avec les **HOMARDS**. Tout comme eux, ils furent balancés à l'eau et, durant leur vertigineuse chute, ils tinrent leur queue bien serrée

entre leurs dents pour ne pas les égarer. En effet, les appendices de ces poissons sont assez **rebelles**. Mais lorsque ce fut fini, aucun d'eux ne réussit à reprendre une position normale.

Alice écoutait **attentivement** : elle n'avait jamais appris autant de choses sur ces poissons de toute sa vie !

– Et ce n'est pas tout ! poursuivit le Griffon en plissant les yeux d'un air entendu. Sais-tu pourquoi les merlans sont si *brillants* ? Et peux-tu me dire avec quoi sont cirés tes souliers ?

Alice se sentait de plus en plus **perdue** : à quelle question devait-elle répondre en premier ? Et qu'est-ce que des chaussures venaient faire ici ?

La souricette baissa tout de même la tête et examina attentivement les siennes.

– On les astique avec du cirage, non ? se risqua-t-elle à répondre.

Merlan, merlustrant et souliers marins

– **EXACT!** approuva le Griffon. Mais au fond de la mer, bottes et chaussures sont lustrées avec le merlan. C'est pourquoi beaucoup appellent aussi ce poisson le *merlustrant*…

Alice n'avait jamais entendu ce **NOM**, mais le sujet la passionnait.

– Avec quoi fabrique-t-on les souliers au fond de la **mer** ? demanda-t-elle.

– Les semelles sont en sole et les lacets sont des anguilles, pardi ! répliqua le Griffon en claquant nerveusement du **bec**. Même les crevettes le savent !

Fatigué de parler, il se renfrogna.

– À ton tour, maintenant ! Raconte-nous l'une de *tes* aventures…

– Oh oui ! renchérit la Tortue, qui venait de se réveiller et bâillait.

Merlan, merlustrant et souliers marins

– Eh bien, je peux vous raconter celle qui m'est arrivée *aujourd'hui,* proposa Alice en rentrant HUMBLEMENT la tête dans les épaules. Inutile de remonter à hier : j'étais alors une souricette toute différente…

Et elle commença à évoquer les événements de son extraordinaire JOURNÉE depuis sa rencontre avec le Lapin blanc. Au début, le Griffon et la Tortue la fixaient avec des **MINES** *si* sérieuses qu'elle se sentait un peu nerveuse. Puis elle prit de l'assurance et expliqua par le menu tout ce qui lui était arrivé. Lorsqu'elle mentionna la Chenille, la Tortue *TRESSAILLIT*.

– Une telle larve sur un champignon ?! Quelle apparition curieuse…

– En ce qui me concerne, tout me paraît si CURIEUX que je ne peux guère imaginer plus ! déclara gravement le Griffon.

Merlan, merlustrant et souliers marins

À ce moment, un grand *CHAHUT* émaillé de cris leur parvint d'une distance proche.

– Le procès ! Le **Procès** !

– Saperlipopette, ça y est !!!

Avant qu'Alice ait pu demander des explications, le Griffon la **saisit** par une patte et se mit à courir en direction de la foule.

– De quoi s'agit-il ? l'interrogea la souricette, haletante.

Mais le Griffon, trop occupé à forcer l'allure et à **accélérer** encore, ne répondit pas.

Qui a volé
les petits gâteaux ?

Lorsque Alice et le Griffon arrivèrent au centre de la cohue, ils se trouvèrent **propulsés** dans une sorte de tribunal improvisé. Regardant tout autour d'elle, la petite souris aperçut le Roi et la Reine, qui, du haut de leur TRÔNE, présidaient la séance. À leurs pattes se pressait une foule d'*oiseaux* et de créatures de toutes sortes, ainsi que les cartes de la couleur du Cœur au grand complet. Devant les souverains se tenait le Valet de Cœur, *enchaîné* et flanqué de deux gardes. Assis sur une balançoire à côté du Roi, le Lapin blanc, revêtu d'un habit de greffier, veillait au bon

déroulement de la séance. Il tenait une **trompette** dans une main et un parchemin dans l'autre.

Sur une table basse au centre de la « salle » était posé un grand plat couvert de petits *gâteaux* (ils semblaient si appétissants qu'Alice en eut l'eau à la bouche !).

La souricette n'était jamais entrée dans un tribunal, mais en avait lu de nombreuses descriptions dans des livres et se rappelait parfaitement le nom de chaque protagoniste.

« Voici le juge, pensa-t-elle, reconnaissable à sa grosse **perruque** ! »

De fait, c'était le Roi qui assurait cette fonction. Comme sa couronne était juchée au sommet de son monumental postiche *bouclé*, il avait surtout l'air d'une pièce montée, fort peu stable.

« Et là, ce doit être le jury ! poursuivit la jeune souris

Qui a volé les petits gâteaux ?

en observant les PERSONNAGES proches d'elle. Ces douze bestioles avec leur **tablette** (oh, il y a même Bill le Lézard !) doivent être les justiciers, euh non, les juristes. Euh, enfin, les jurés ! C'est ça, les *jurés*... »

Alice, qui était toujours très fière d'exhiber son **savoir**, se répéta le mot plusieurs fois à mi-voix.

Les douze animaux concernés étaient, quant à eux, très occupés à noircir du papier.

– Qu'*écrivent*-ils ? chuchota la souricette à l'oreille du Griffon. Comme le procès n'a pas commencé, ils ne peuvent pas encore prendre de notes ?!

– Ils inscrivent leur nom de peur de l'oublier d'ici la fin de la séance, expliqua la créature à voix encore plus BASSE.

Qui a volé les petits gâteaux ?

– Quelle niaiserie ! s'amusa Alice, avant de découvrir que les douze transcrivaient scrupuleusement «Quelle niaiserie !» sur leurs tablettes. Ça commence bien ! fit-elle.

– Chhhut ! Silence dans la salle ! ordonna le Lapin blanc avec un **REGARD** noir.

Alice remarqua que la pointe du crayon de Bill le Lézard crissait. Et s'il y avait un bruit qu'elle ne supportait pas, c'était bien celui-là !

Elle se faufila **prestement** derrière le pauvre Bill et, d'un geste fulgurant, subtilisa son crayon. Elle fut si **rapide** que le Lézard ne se rendit compte de rien et continua à écrire avec son doigt… sans laisser aucune **TRACE** !

Soudain, le Roi se leva, faisant osciller sa perruque comme un gros **flan**.

– Greffier, lisez l'acte d'accusation ! ordonna-t-il au Lapin blanc.

Qui a volé les petits gâteaux ?

Celui-ci lança alors trois pétaradants coups de trompette : **Para Parapapa Pparapa-papaaaaaaa !**

Puis, déroulant le parchemin qu'il avait à la patte, il toussota et lut :

– « Ce matin, notre souveraine, la Reine de Cœur, a préparé tout un plateau d'exquis petits gâteaux IMPÉRIAUX. »

Il s'INTERROMPIT pour désigner officiellement le plat reposant sur la table basse, puis reprit :

– « Cet après-midi, le fourbe Valet de Cœur les a volés, se rendant coupable d'une grave offense à l'égard de Sa Majesté... »

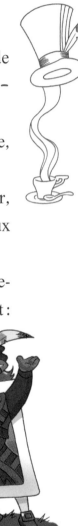

– Ça suffit ! l'arrêta le Roi, pressé d'en arriver au jugement.

Se tournant vers les jurés, il ordonna :

Qui a volé les petits gâteaux ?

– Messieurs les jurés, écrivez votre **verdict** !

– Non ! Non ! s'interposa le Lapin. Il faut d'abord appeler les **TÉMOINS** !

Le Roi, embarrassé, s'empressa de rectifier :

– Certes ! Que dis-je ?! Les témoins ! Faites venir tout de suite… euh, le premier témoin, quel qu'il soit !

Visiblement **SATISFAIT**, le Lapin fit de nouveau retentir par trois fois sa trompette et annonça :

– Le premier témoin à la barre !

Un peu d'ordre !

Le témoin numéro un n'était **autre** que... le Chapelier fou !

Il se présenta devant le Roi et la Reine, une **tasse** de thé dans une patte, un toast beurré dans l'autre. Le Lièvre de Mars et le Loir, **BRAS** dessus bras dessous, lui emboîtaient le pas.

– Altesses, pardonnez-moi si j'arrive avec ma petite collation, mais je n'avais pas fini ma pause lorsque j'ai été convoqué !

– L'heure du **thé** est passée depuis longtemps, le rabroua le Roi. Quand t'es-tu donc mis à table ?

Le Chapelier interrogea des yeux le Lièvre de Mars.

Un peu d'ordre !

– Le 14 mars… me semble-t-il…

– Le 15 ! **rectifia** son ami.

– Le 16, corrigea à son tour le Loir.

Le Roi considéra ces réponses et demanda aux jurés d'en prendre bonne **note**.

– C'est un détail plutôt important, messieurs ! *Essentiel* même !

Les douze jurés consignèrent scrupuleusement les trois dates.

Le Roi **dévisagea** le Chapelier d'un air méfiant.

– Enlève *ton* chapeau ! lui commanda-t-il.

– Oh, mais ce n'est pas le *mien*, précisa le Chapelier.

– C'est donc que tu l'as volé ! établit le Roi en adressant un **REGARD** entendu aux jurés.

Le premier témoin s'en défendit :

Un peu d'ordre !

– Bien sûr que non, Sire ! Je les *vends* : je suis Chapelier, voyez-vous !

La Reine, qui n'avait **MANIFESTÉ** aucun intérêt pour les précédentes déclarations du Chapelier, le fixa soudain avec insistance.

Le malheureux BLÊMIT et se mit à se gratter nerveusement, comme pris de démangeaisons.

Au même moment, Alice, assise à côté du Loir, eut une SENSATION étrange… « J'ai l'impression de devenir de plus en plus lourde, pensa-t-elle. Pourtant, je n'ai RIEN mangé… »

Elle s'aperçut alors qu'elle grandissait à nouveau, et à toute vitesse !

– Hé, arrête de m'ÉCRASER ! Tu me fais mal ! se plaignit le Loir.

– Désolée, mais j'y peux rien ! s'excusa la souricette.

– Une minute ! intervint la Reine. Apportez-moi

immédiatement la liste des chanteurs du dernier concert !

Le Chapelier, sentant ses jambes **flageoler**, mordit nerveusement sa tasse au lieu de son toast **BEURRÉ**.

Puis, terrorisé, il se jeta aux pieds du Roi.

– Votre Altesse, je ne suis qu'un pauvre Chapelier qui boit du thé… Le Lièvre peut en attester !

Celui-ci secoua la tête.

– Je démens !

– Il **DÉMENT** ! répéta le Roi. Jurés, écrivez !

Sur ces mots, un Cochon d'Inde du jury (qui n'en pouvait plus de prendre des notes) laissa échapper un *bref* applaudissement. Son enthousiasme fut immédiatement contenu par deux gardes, qui le fourrèrent dans un sac de **TOILE**, fermèrent celui-ci avec une cordelette et s'assirent dessus.

Distrait par cette interruption, le Roi renvoya le

Un peu d'ordre !

Chapelier, qui DÉCAMPA sans se faire remarquer.
Le témoin suivant était la Cuisinière de la Duchesse,
qui entra munie d'un grand moulin à **poivre**.
Dès qu'elle s'avança, l'ensemble des présents se
mit à éternuer bruyamment.

ATCHOUM ! ATCHOUM !
A-AATCHOUM ! ATCHOUM !

Entreprenant de procéder à son interrogatoire, le
Roi fronça tellement les sourcils qu'on ne voyait
presque plus ses yeux (il était convaincu qu'ainsi
les personnes **interrogées** se sentaient plus inti-
midées).

Lorsqu'il se fut composé une mine assez féroce, il commença :

– Avant tout, qu'y a-t-il dans ces
gâteaux ?

– Du poivre ! répondit la Cuisinière.

– De la mélasse ! la contredit une petite

Un peu d'ordre!

VOIX ensommeillée derrière elle.

Tous se retournèrent pour voir qui avait parlé : le Loir!

La Reine, qui parcourait toujours la liste des chanteurs, tressaillit.

– Arrêtez cet individu! tonna-t-elle. Boutez-le hors de ce tribunal! Tourmentez-le! Arrachez-lui les moustaches! Coupez-lui la tête!

Comme tout le monde tentait de capturer le Loir, qui trottait et sautait dans tous les sens, l'audience tourna au chaos.

– Un peu d'ordre! De l'ordre, s'il vous plaît! réclama le Lapin blanc en utilisant sa trompette comme un porte-voix et en tentant, vainement, de renvoyer chacun à sa place.

Finalement, non sans MAL, le Loir fut expulsé du tribunal.

Un peu d'ordre !

Quand tous se furent calmés, ils virent que la Cuisinière de la Duchesse avait DISPARU.

– Peu importe, dit le Roi en se massant le front (ces interrogatoires menés avec les sourcils FRONCÉS ne lui convenaient décidément pas).

– Appelez le dernier témoin !

Le Lapin blanc, que le récent charivari avait plongé dans la confusion, parcourut la liste des personnes à entendre jusqu'à la dernière ligne. Puis, prenant un ton de circonstance, il annonça :

– La Cour appelle à la barre… Alice !!!

La déposition
d'Alice

Lorsqu'elle entendit prononcer son nom, et avec tant d'**autorité**, Alice sursauta, oubliant qu'elle était devenue **géante**.

– Présente! cria-t-elle.

Bondissant sur ses pattes, elle balaya, de l'ourlet de sa robe, les bancs des jurés, projetant ceux-ci les uns contre les autres et faisant **VOLER** tablettes et crayons.

– Oh, je vous prie de m'excuser! se désola-t-elle en entreprenant de ramasser chaque juré pour le remettre à sa place.

Le Roi et la Reine suivirent la scène en faisant les gros **YEUX**.

La déposition d'Alice

– Le procès ne se poursuivra que lorsque tous les jurés auront retrouvé leur poste ! déclara le souverain d'un ton grave.

Alice se **PRESSA** de rasseoir chacun d'eux sur le siège qu'il occupait auparavant. Enfin, à ce qu'il lui semblait…

– Quand je dis tous… c'est *tous* ! insista LOUR-DEMENT le Roi en fixant les bancs des jurés.

Alice suivit son regard et sursauta : dans sa hâte, elle avait placé Bill tête en bas, et le malheureux, incapable de se rétablir, agitait désespérément la

queue. Alice le remit à l'endroit et restitua à chacun une tablette et un CRAYON.

Dès que le jury fut remis de ses émotions, il entreprit de rédiger un bref compte-rendu de l'incident.

Un juré se mit à dessiner des FLEURS, un autre des petits motifs, enfin un troisième, comptant les

La déposition d'Alice

crayons restés par terre, nota **SCRUPULEUSEMENT** : « zéro ».

Tous griffonnaient, à l'exception de Bill, qui, encore tout SECOUÉ, se contentait de rester assis, la langue pendant de sa bouche ouverte.

Le Roi entama finalement l'INTERROGATOIRE d'Alice. Cette déposition contrastait avec les précédentes, car le témoin était physiquement plus IMPOSANT que n'importe quelle autre créature présente.

– Eh bien ! commença le Roi en se redressant de toute sa hauteur pour essayer de se GRANDIR. Que sais-tu de cette affaire ?

– Rien, répondit Alice en haussant les épaules.

– Rien de rien ? insista-t-il.

– Vraiment rien ! confirma-t-elle.

La déposition d'Alice

– C'est tout à fait signifiant! déclara le Roi en s'approchant prudemment des bancs des jurés.

– Vous voulez dire «*insignifiant*», Majesté! réagit le Lapin blanc en gesticulant pour attirer l'attention du souverain, qui ne ratait pas l'occasion de faire une gaffe.

Celui-ci opina énergiquement du chef, faisant tressauter toutes les BOUCLES de sa volumineuse perruque.

– Certes! Certes! Insignifiant! Qu'ai-je donc dit?! Puis il se mit à chantonner tout bas «signifiant, insignifiant, signifiant, insignifiant...» pour voir lequel sonnait le mieux.

L'un des jurés nota sur sa **TABLETTE** le mot «SIGNIFIANT», un deuxième «insignifiant», un troisième les deux, dans un ordre puis dans l'autre.

Plongé dans ses pensées, le Roi resta un moment

La déposition d'Alice

silencieux. Puis il ouvrit son carnet royal et se mit à écrire, *dodelinant* gaiement de la tête à chaque retour à la ligne. Lorsqu'il eut fini, il leva les bras d'un geste **SOLENNEL** pour obtenir l'attention générale et dit :

– Écoutez tous !

Chacun retint son SOUFFLE.

La règle 42

Le Roi s'*ÉCLAIRCIT* la voix et lut dans son calepin :

– « Règle 42 : toutes les personnes mesurant plus d'un kilomètre et demi devront quitter la salle. »

Tous les **REGARDS** se tournèrent vers Alice.

– Je ne fais pas plus d'un kilomètre et demi ! protesta la **souricette**.

Le souverain la considéra de haut en bas pour tenter d'évaluer sa taille.

– Que dis-tu ? À vue de nez, tu mesures à peu près ça !

– Je dirais même : plus de deux kilomètres ! le corrigea prestement la **REINE**.

La règle 42

– De toute façon, je m'en vais ! déclara Alice. Et puis, cette **règle** n'existe pas : vous venez de l'inventer !

Le Roi secoua la tête avec suffisance.

– Tu ne peux guère le savoir, mais sache qu'elle est la plus ancienne à avoir été consignée sur le Ⓒⓐⓡⓝⓔⓣ royal !

– Si c'est la plus ancienne, elle devrait porter le numéro 1 et non le 42 ! objecta la jeune souris.

Le Roi blêmit et s'empressa de refermer son carnet, de peur que quelqu'un **LORGNE** à l'intérieur (en effet, il n'était pas du tout sûr de ce qui y était réellement noté).

Puis, se penchant vers le jury, il murmura d'un ton hésitant :

– Euh… écrivez le verdict…

– Mais, Majesté, il manque encore d'importants témoignages ! fit valoir le Lapin blanc. De

plus… on vient de nous **apporter** ce message. Il exhiba alors un billet plié en quatre.

– On dirait un mot adressé par le **PRISONNIER** *à quelqu'un*!

– En effet, concéda le Roi. À moins qu'il ne s'agisse d'une *lettre* destinée à *personne,* ce qui ne serait pas moins étrange…

Après avoir lu la feuille, le Lapin blanc annonça:

– Ce n'est pas une lettre, mais une suite de vers.

– Reconnaît-on l'*écriture* du prisonnier? s'enquit un juré.

Plissant ses petits yeux, le Lapin examina attentivement le texte.

– Non, et c'est bien *là* le plus **insolite**.

La nouvelle laissa les jurés désemparés.

– Le prisonnier a peut-être imité l'écriture d'un autre? suggéra le Roi.

Le jury se ranima **SUBITEMENT**.

La règle 42

À ce moment, le Valet de Cœur, qui n'avait encore rien pu dire pour sa défense, s'avança.

– Sire, je vous assure que je ne suis pas l'auteur de ce message ! La preuve : je ne l'ai pas signé ! plaida-t-il d'une voix affligée.

– Si ce que tu dis est vrai, c'est encore pire, car cela démontre tes mauvais desseins ! Si tu avais été bien intentionné, tu aurais apposé ton nom au bas de la lettre, comme les HONNÊTES gens !

Ces paroles suscitèrent l'enthousiasme : c'étaient les premiers propos intelligents du Roi depuis le début de la journée !

– Mais que dit ce mot ? demanda l'un des jurés.

Repliant le billet, le Lapin répondit simplement :

– C'est incompréhensible.

– *Parfait !* estima le Roi. C'est la preuve la plus importante découverte jusque-là ! Le juré peut noter son verdict !

La règle 42

– Non, non, non, non, non ! s'interposa la Reine. D'abord la condamnation, puis le verdict.

– C'est un peu fort ! s'indigna Alice en levant les yeux au ciel.

– *Comment oses-tu ?!* Quelle impertinence ! Coupez-lui la tête ! s'emporta la Reine.

Tout le paquet de cartes se lança sur la souricette pour la **PINCER** et la piquer.

– Hé, laissez-moi tranquille ! hurla Alice en tentant de chasser ses agresseurs. **À l'aide !** À l'aiiide !

Alice!
Alice, réveille-toi!

Pendant qu'elle **gesticulait** pour se débarrasser des cartes, Alice entendit une voix très LOINTAINE:

– Alice! Alice! Alice!

Était-ce bien elle qu'on appelait? Ou bien le rêvait-elle?...

– Alice, réveille-toi!

La souricette entrouvrit les yeux. Comme c'était bizarre: elle reposait maintenant sur un support **moelleux**... Les cartes avaient disparu et son environnement semblait d'une grande quiétude...

– Tu as **dormi** longtemps! poursuivit la voix.

Alice! Alice, réveille-toi!

Alice bougea et s'aperçut qu'elle était couchée dans le giron de sa sœur.

– Oh?! s'exclama-t-elle, encore un peu confuse. J'ai fait un rêve très **bizarre**!

Elle se mit alors à raconter les extraordinaires *AVENTURES* qu'elle venait de vivre, en essayant de se rappeler le moindre détail.

Son aînée l'écouta avec intérêt.

– Ha, ha, ha! Quelle imagination! commenta-t-elle finalement. Et maintenant, rentre à la maison! C'est l'heure du thé…

Obéissante, Alice s'éloigna. Sa sœur, elle, s'attarda pour admirer le coucher du soleil derrière le jardin. Soudain, Dieu sait pourquoi, toutes les créatures rêvées par Alice lui semblèrent prendre vie dans cet irréel crépuscule d'été.

Elle entendit l'**herbe** bruisser au passage

du Lapin blanc du côté de ses pattes, ainsi que le trottinement du Dodo sur la *rive*. Elle perçut le cliquètement des tasses sur les soucoupes et la lourde RESPIRATION du Loir chez le Chapelier fou ; mais aussi les hurlements de la Reine, les *éternuements* de la Duchesse et les sanglots de la Tortue-à-Tête-de-Veau…

Et enfin elle imagina la *jeune* Alice devenue grande, continuant à rêver de mondes merveilleux pour ensuite les raconter à des foules d'autres souriceaux, aussi curieux et pleins de *fantaisie* qu'elle-même…

Lewis Carroll

Lewis Carroll, de son vrai nom Charles Lutwidge Dodgson, est né le 27 janvier 1832 à Daresbury, dans le comté de Cheshire (Royaume-Uni), et mort le 14 janvier 1898. Son père était un pasteur anglican, et il grandit dans une famille de onze enfants. Devenu professeur, de mathématiques notamment, à l'université d'Oxford en 1855, puis ordonné diacre en 1861, il mène une vie assez solitaire.

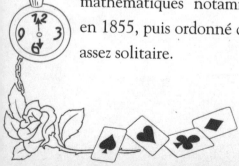

À la même époque, il fait paraître poèmes et articles dans des magazines, et prend le pseudonyme de Lewis Carroll. Il écrit, *Les Aventures d'Alice au pays des merveilles* pour divertir la jeune Alice Liddell et ses deux sœurs, filles du doyen de Christ Church (Oxford). Publié en 1865, avec des illustrations de John Tenniel, le livre connaît un succès immédiat, de même que sa suite, *De l'autre côté du miroir*, parue en 1871.

Table des matières

Geronimo Stilton

DANS LA MÊME COLLECTION

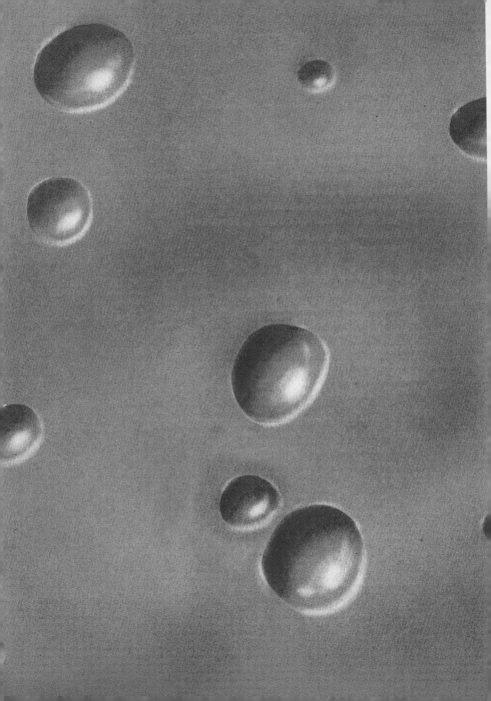

Geronimo Stilton